KB091675

혼자 지저귄다 오늘은

혼자 지저귄다 오늘은

TODAY I AM TWITTERING ALONE

지은이 장근섭
펴낸이 정규도
펴낸곳 (주)다락원

초판 1쇄 발행 2020년 4월 13일

편집총괄 장의연
책임편집 유나래
디자인 하태호
전산편집 이승현
표지 일러스트 shutterstock

경기도 파주시 문발로 211
내용문의: (02)736-2031 내선 523
구입문의: (02)736-2031 내선 250~252
Fax: (02)732-2037
출판등록 1977년 9월 16일 제406-2008-000007호

값 13,500원

ISBN 978-89-277-0127-9 03810

http://www.darakwon.co.kr

장근섭 시집

TODAY
I AM
TWITTERING
ALONE

다락원

프롤로그

시집, 수필, 사진집, 또는 어느 것도 아닐 수도

나는 시집을 의도했으나, 내가 등단한 적도 시집을 낸 적도 없으므로, 아마도 당신은 그다지 동의하지 않을 것이다. 같은 이유로 사진집이라는 것에도 별로 동의하지 않을 것이다.

마음이 시키는 바에 따라 이 책을 세상에 내어 본다. 나의 깊숙한 곳에 똬리를 틀고 있는 내 마음의 편린도 몇 조각 여기에 들어 있을지 모르겠다. 당신이 원하는 실용적인 지식도 들어 있을 수 있겠다. 이유야 어찌 되었든 이 책을 선택해 준 당신이 무척 반갑고 고맙다.

나는 지금까지 살아왔던 것처럼 앞으로도 그렇게 살아갈 것 같다. 책도 읽고 여행도 하면서, 인생이 뭔지 호기심 어린 시선으로 살아갈 것이다. 그다지 사회적 지지를 받지는 못 하는 스타일이라 솔직히 좀 외로운 삶이다. 살다가 당신을 만나면 좋은 얘기로 밤을 새워도 좋을 것이다.

PROLOGUE

A poetry book, An essay, A photo book, or None of them

I desired this book to be a poetry book, but you might disagree with me because I never declared myself as a poet and I never published one. You might not think this is a photo book for that same reason.

I published it as my mind directed me. You might be able to find a few pieces of my mind which are submerged deep down. It might also include some practical knowledge you may want to learn. Whatever reason you might have I am really glad to meet you in writing and thankful for having chosen this book.

I will live my life the same as I have done thus far. I am going to read, travel, and live with a curious outlook on life. This way of life does not benefit from a lot of social support, which makes my life feel lonely. We may stay up talking if we happen to meet.

Chapter 1

카르페 디엠

CARPE DIEM

Chapter 2

수평선

THE HORIZON

Chapter 3

혼자 지저귄다 오늘은

TODAY I AM TWITTERING ALONE

Chapter 4

우리가 함께 있다는 건

NOW THAT WE ARE TOGETHER

Chapter 5

매미가 우는 까닭

THE REASON WHY CICADAS CRY

Chapter 6

영문 해설

THE WRITER'S COMMENTARY

148

Chapter 1

카르페 디엠

CARPE

DIEM

화끈한
놈들

깔따구는 입이 퇴화해서 먹지도 않고 마시지도 않고 오로지
번식만을 위해 군무群舞를 추는데
숫놈 깔따구는 암컷을 꼬시기 위해 사력을 다해 제일 높은 곳에
오른다
암놈 깔따구는 짝짓기 여행을 마친 후 가장 좋은 장소를 찾아
알을 낳는다

마침내 타고난 배터리를 소진하는 순간 하루살이 생을 마감한다

가히 지구에서 최고로 화끈한 놈들이라 할 만하다

Cool Fellas

Lake flies have a degenerated mouth and do not eat or drink
All they do is dance in groups for mating
Male chironomids make desperate efforts to fly to the highest point to seduce
females
Female chironomids lay eggs at the best place after the mating journey

Finally as soon as they drain the batteries they are born with, they finish their lives
as a dayfly

I can say they are the hottest fellas on earth

코끼리 선언

우리 코끼리들은 이제부터 칭찬에 섣불리 춤추지 않을 것을
선언한다
페이스북 '좋아요'에 목을 매지 않을 것을 선언한다
유튜브에서 '누구에게나 호감 받는 비결'을 찾아보지 않을 것을
선언한다

나를 흥분하게 하는 일을 하고 살 것을 선언한다
나를 가슴 떨리게 하는 일을 하고 살 것을 선언한다
나를 전율하게 하는 일을 하고 살 것을 선언한다
나를 밤새 잠을 설치게 하고 새벽에 벌떡 일어나게 하는 일을
하고 살 것을 선언한다

나는 촘촘하고 단단하고 탄탄하게 물샐틈없이 삶을 살 것을
선언한다

나는 삶의 주인이 되어 주체적으로 살 것을
엄숙히 선언하는 바이다

The Elephants Manifesto

We, the elephants, declare that we will not dance for compliments
We declare that we will not desperately seek likes on facebook
We declare that we will not search "how to be liked by everybody" on Youtube

I declare that I will do what excites me the most
I declare that I will do what thrills me the most
I declare that I will do what electrifies me the most
I declare that I will do what keeps me up late at night and propels me out of bed early in the morning

I declare that I will live a dense, firm, solid, and watertight life

I solemnly declare that I become the master of my life and live an independent life

충실하게 산다는 것

검게 그을린 어깨 틈으로 너는 묵묵히 무게를 견뎌낸다

위기의 순간이 닥쳤을 때
너는 온몸을 바닥에 밀착시켜 그 따가움과 뜨거움을 견뎌낸다
1밀리미터라도 더 밀려나지 않겠다고
모든 것을 다 걸고 사투를 벌인다
홈과 홈 마디와 마디는 짓이겨지고
어깨의 살점은 찢겨 나간다

더 이상 밀리고 긁히고 바스러질 살점이 남아 있지 않을 때
너는 때가 되었음을 안다
후회도 원망도 질투도 없이 너는 이별을 담담히 받아들인다

나와의 이별이 곧 너의 끝은 아니다
넌 만물이 돌고 도는 것임을 자각하였기에
생의 마지막 순간에
스스로를 불태우고 모습을 바꿔 다른 삶에 깃들인다

To Live Dutifully

You endure the weight on the cracks of your scorched black shoulders
Without saying anything

At the moment of emergency
You drop yourself right down against the ground,
Enduring a smarting and burning sensation
Taking the risk of your life, you fight desperately
Not to give way even one millimeter
Grooves and grooves, gnarls and gnarls are crushed
The flesh on your shoulders is ripped off

When there is no more flesh to be abrased, to be shattered, to be shredded
You know it is time
You accept it calmly with no regrets, resentments, or jealousy

Parting from me is not necessarily the end of your life
You understand everything turns and rotates
At the end of this life you burn yourself, morph yourself and
Transform into another life

컴퓨터 조립하기

CPU, 메모리, 마더보드, 하드디스크, 비디오 카드, 케이스, 파워
한 번씩 부품을 사다가 데스크톱 컴퓨터를 조립한다

운영체제가 성공적으로 설치되어야만
금속 덩어리는 비로소 컴퓨터로 탄생한다

이제 컴퓨터는 누적 업데이트를 실시하면서
스스로 꺼졌다 켜졌다를 반복하며
제대로 된 컴퓨터로 거듭난다
중요한 업데이트가 필요할 때는 어김없이 재부팅을 한다

수만 년 인류 진화의 정수를 불과 몇 년 사이에 습득하는
신생아를 떠올리며
나는 이 과정을 경이적인 눈으로 바라본다

자라면서 내 아들이 한 번씩 회까닥했던 것도
이런 이유 때문이었나 보다

Building a Computer

A CPU, RAM, a motherboard, a hard disk, a video card, a case and a power supply
Once in a while I myself build a desktop computer after buying these parts

Only after the operating system is installed successfully
Can that lump of metal be born as a computer

Carrying out accumulated updates
Repeatedly turning on and off by itself
It is reborn as a proper computer
Without exception it reboots whenever an important update is required

Being reminded of a new-born baby who acquires the essence of tens of thousands of years of human evolution within several years
I marvelously watch the whole process

I guess that is the reason why my son occasionally flipped out

찰나와 겁劫

은하수는 130살 먹었으니까
50년 전 수소가 모여 태양이 생기는 것을 보았을 것이다
45년 전 지구가 생기는 것을 보았을 것이다
38년 전 지구에 생명체가 탄생하는 것을 보았을 것이다
2년 전 생겨난 공룡이 6개월 전 갑자기 사라지는 것을
보았을 것이다
열흘 전 오스트랄로피테쿠스가 태어나고
어제 호모 사피엔스가 세상에 나온 것을 보았을 것이다
내가 태어난 것은 찰나의 순간이라 봤나 모르겠다

나 가고
호모 사피엔스 가고
지구 가고
태양 가고
한참 있다가
은하수 가고
또 한참 있다가
마침내 우주도 가게 될 것이다
그리고 또다시
영겁의 세월 반복될 것이다

나는
도대체 뭣 때문에 이렇게 와서
도대체 뭣 때문에 이렇게 고민하고 있단 말이냐

A Moment and Eternity

The Milky Way is 130 years old, I assume it observed
Hydrogen forming into the sun 50 years ago;
The earth coming to be 45 years ago;
Life coming into existence 38 years ago;
Dinosaurs appearing 2 years ago and suddenly disappearing 6 months ago;
Australopithecus emerging 10 days ago;
Homo Sapiens giving way to life yesterday

I am not sure if the Galaxy saw myself being born
Because it was just a tiny moment ago

I will be gone
Homo Sapiens will be gone
The earth will be gone
The sun will be gone
After a long period of time
The Galaxy will be gone
After a good while again
Even the universe will be gone
And
Again
It will be repeated for eternity

Why in the world did I come into this world;
What in the world am I pondering life for?

카르페 디엠*

7만 년 전 호모 사피엔스가
'내일'이라는 단어를 발명한 것이
인류사의 대단히 중요한 분기점이라는 얘기를 들었다

나는 오히려
그 발명이
인류 불행의 출발점이 아니었을까 하는 생각이 들었다

Carpe Diem

Around 70,000 years ago
Homo sapiens invented the word 'tomorrow'

I was told that this is a very important milestone in human history
I rather thought it was the starting point of human misery

* '카르페 디엠'은 로마의 시인 호라티우스(BC65–BC8)의 시에 나오는 구절, Carpe diem, quam minimum credula postero(오늘을 붙잡아라. 가급적 내일이란 말은 최소한만 믿어라.)의 일부이다. 시간을 낭비하지 말고 하루를 최선을 다해 충실하게 살라는 뜻이다.

인생

가면 속에서

나 많이도 울었다

LIFE

Under my masks
So much I cried

가슴속에 괴이한 일들이 무수히 고여 있어

이지

세상의 정말 글 잘하는 사람은 모두가 처음부터 문학에 뜻을 둔 것은 아니었다. 그 가슴속에 차마 말로 형용하기 어려운 괴이한 일들이 무수히 고여 있고, 그의 목구멍에는 말하고 싶지만 감히 토해낼 수 없는 말들이 걸려 있으며, 그 입가에는 또 꺼내놓고 싶지만 무슨 말로 형용해야 좋을지 알 수 없는 것이 허다한데, 그런 말들이 오랜 세월 축적되면 더 이상 막을 수 없는 형세가 된다. 그랬을 때 일단 그럴싸한 풍경을 보면 감정이 솟구치고, 눈길 닿는 사물마다에 탄식이 흘러나온다. 그리하여 다른 사람의 술잔을 빼앗아 자신의 쌓은 우수에 들이붓게 되고, 마음속의 울분을 하소연하거나 천고의 기박한 운명에 대해 한탄하게 되는 것이다. 이렇게 해서 쏟아져 나온 옥구슬 같은 어휘들은 은하수에 빛나며 회전하는 별들처럼 하늘에 찬란한 무늬를 수놓게 된다. 결국 자신도 거기에 뿌듯함을 느껴 발광하고 울부짖게 되며 눈물 흘리며 통곡하는 일을 스스로도 멈추지 못할 지경이 된다. 차라리 독자나 청취자로 하여금 이를 빠득빠득 갈면서 작자를 죽이고 싶다고 원망하게 만들지언정 자신의 작품을 명산에 감춰두고 후세의 식자를 기다리거나 물불 속에 던져버리진 못하게 되는 것이다.

ENDLESS BIZARRE THINGS BURNING IN MY HEART

-Li Zhi

Not all of the great writers of the world were interested in writing from the first. Their hearts are filled with a lot of bizarre things which are inexplainable in words. Their throats are full of words that they are anxious to throw but dare not. Their mouths are packed with things that they want to get out but do not know what words to use. They cannot contain them when those words have accumulated over a long period of time. They become so emotional when they run into a scene which stimulates their feelings, and moan and groan at everything that their eyes fall on. They take someone else's glass and pour alcohol into their misery, by which they let out their frustration and grieve over their unfortunate fate. Their writings seem to belch jades and spit out beads, creating splendid patterns in the sky just like the Milky Way rotates giving off lights. Eventually they feel proud of their writings and yell out, burst into tears and cry their hearts out, which they cannot stop. They would rather let their readers or listeners want to kill them in severe resentment, more than hide their works in deep mountains to wait for a sage of future ages or throw them into water or fire.

• 이지(李贄)의 『분서焚書 1』(김혜경 옮김, 2004)에 나온 글이다. 이지(1527–1602)의 삶은 거칠었다. 평생 가난했고, 자식들은 굶거나 병들어 죽었고, 탄핵을 받아 감옥에서 자살로 삶을 마감했다. 위 글을 읽고 나는 이 책을 발간할 힘을 얻었다.

오십 이전의 나

이지

나는 어려서부터 성인의 가르침이 담긴 책을 읽었지만 그 내용이 무엇인지 알지 못했고, 공자를 존경했지만 공자에게 어떤 존경할 만한 점이 있는지 알지 못했다. 그야말로 난쟁이가 광대놀음을 구경하다가 사람들이 잘한다고 소리치면 따라서 잘한다고 소리지르는 격이었다. 나이 오십 이전의 나는 정말로 한 마리의 개에 불과하였다. 앞의 개가 그림자를 보고 짖으면 나도 따라서 짖어댔던 것이다. 만약 남들이 짖는 까닭을 물어오면 그저 벙어리처럼 쑥스럽게 웃기나 할 따름이었다.

Before I Was 50 Years Old

-Li Zhi

I have read books which include the wisdom of saints since childhood, but I did not fully know what they were about. I had respect for Confucius, but I did not understand what was to be respected about him. I was like a dwarf who blindly echoed when the other spectators cheered the clowns during the performance. Before I was 50 years old, I was no better than a dog. If a dog in front of me barked at a shadow, I copied it. If others had asked me why I barked, I would have just smiled like a dumb person in embarrassment.

• 이지(李贄)의 『속 분서續 焚書』(김혜경 옮김, 2004)에 나온 글이다. 내 머릿속에서 나온 것들은 온전히 내 자신의 것인가, 아니면 다른 사람이 교묘하게 내 머릿속에 심어 놓은 것인가? 도대체 나는 누구인가?

Chapter 2

수평선

THE

HORIZON

5G?
오지?
Orgy?

우리나라 핸드폰에 5G 시대가 본격적으로 열렸단다
난 속으로 웃겨 죽는다

3G는 '삼지'가 아니라 '쓰리지'
4G는 '사지'가 아니라 '포지'
근데 갑자기 5G는 '오지' 맞고 '파이브지' 아니고

'오지'하면 orgy
orgy하면 섹스파티
섹스파티하면 센스8 크리스마스 스페셜
센스8 크리스마스 스페셜하면 배두나
배두나하면 워쇼스키 형제들
워쇼스키 형제들하면 워쇼스키 자매들
워쇼스키 자매들하면 클라우드 아틀라스
클라우드 아틀라스하면 정신이상
정신이상하면 바스키아
바스키아하면 낙서
낙서하면 관광지
관광지하면 사진

사진하면 핸드폰
핸드폰하면 '오지'

난 낯뜨거워 차마 '오지'라 말 못 하겠다
빨리 6G가 왔으면 좋겠다

5G? OH G?

I was told Korea's cell phone industry started a full scale 5G era
I giggled a lot by myself

For 3G, we said not "sam G", but "three G"
For 4G, we said not "sa G", but "four G"
But all of a sudden
For 5G, we say "oh G", not "five G"

'Oh G' an orgy
An orgy a sex party
A sex party Sense8 Christmas special
Sense8 Christmas special Bae Doo-na
Bae Doo-na The Wachowski Brothers
The Wachowski Brothers The Wachowskis
The Wachowskis Cloud Atlas
Cloud Atlas insanity
Insanity Jean-Michel Basquiat
Jean-Michel Basquiat scribbles
Scribbles tourist spots
Tourist spots photos
Photos cell phones
Cell phones 'oh G'

I am so embarrassed that I cannot say "Oh G"
I hope 6G will come as soon as possible

동대구로 히말라야시다

히말라야시다는 잎갈나무 모양인데 잎을 갈지 않는다고
'개잎갈나무'라는 야리꾸리한 이름으로도 불린다
백향목이라는 고급진 나무가 개잎갈나무의 사촌이라는 것을
사람들은 알까

히말라야시다는 고향에서 원래 무리 지어 서로를 의지하며
살았었다
한국에서는 드문드문 홀로 세워 놓고 되레 뿌리가 약하다고
타박을 한다
태풍과 비바람을 못 견디고 몇 번 넘어지기도 했다
부당한 처우라고 하소연할 법하지만
히말라야시다는 별말 없이 그때마다 다시 일어섰다

통행에 방해가 된다고 간판을 가린다고 갖은 이유를 대며
얼마나 혹독하게 가지를 후려 내치는지
아프고 서러웠던 일도 많았지만
묵묵히 주어진 일 집중하며 견뎌냈다

사람들에게 뙤약볕을 피할 그늘과 잠시 쉼을 주는 것
다시 일어나 자신의 삶으로 복귀할 힘을 주는 것

히말라야시다는 어느덧

이팝나무, 벚나무, 은행나무에게 밀려나고 있는 중이다

나이 오십에 체질이 약하다고

가로수는 꽃도, 잎도 이뻐야 한다고

요즘 트렌드에 맞지 않다고

어깨가 축 처진 히말라야시다의 실루엣이 멀리 드리운 날

문득 아버지가 보고 싶었다

히말라야시다(Himalayan Cedar)는 1970년 대구에 식재된 이후 대구의 대표적인 가로수종이었으나 점차 교체되어 최근에는 동대구로 등 일부에만 남아 있다. 꽃말은 '보고 싶은 아버지'이다.

Himalayan Cedar on Dongdaeguro Street

Himalayan Cedar does not change its leaves
That is why it is also called 'gae-ipgalnamu'
Which sounds really ugly
Don't people know the classy Cedars of Lebanon are one of its cousins?

Himalayan Cedar lived in groups depending on each other back at home; however
They are planted alone in Korea and people unfairly criticize that their roots are weak

They even tumbled over several times surrendering to typhoons and storms
Himalayan Cedar may argue they are under unfair treatment, but
They never complained, and rose to their roots every time it happened

Accused of all sorts of violations – being in the way of passing and hiding signs
How harshly they were hacked

There were a lot of pain and waves of sorrow, but
Himalayan Cedars endured them, concentrating on their jobs

Giving people some shade and a brief break to avoid harsh sun
Letting them restore energy to rise to their feet and return to their life

Himalayan Cedars are now being replaced by Chinese fringetrees, cherry trees, and gingko trees
Being said they are weak at the age of fifty;
Street trees are supposed to have beautiful flowers and leaves;
They do not fit the present trend

The day when the shadow of Himalayan Cedars stretched to the distance with their shoulders drooped – suddenly I missed my dad

본능

세태는 단문단답, 즉문즉답을 강요하고
나는 세상이 그리 간단치 않다고 저항한다

뉴스에 오르는 사람들은 이유 불문
죽일 놈, 죽어야 할 사람이 되어 버린다
나는 진실은 오히려 정반대일 수도 있다고 항변한다

앞만 보고 달리고 목표에 맞춰 도착해야 한다고 할 때
나는 자주꽃방망이도 봐 줘야 하고
햇살에 비치는 층층나무 잎의 실핏줄도 봐 줘야 한다고 맞선다

단세포 생명체가 출현한 것은 38억 년 전이고
다세포 생물로 진화한 것은 18억 년 전이라고 한다
사람 비슷한 것이 나온 것은 고작 700만 년 전이다

단세포 생물처럼 살고 싶은 본능이 너무 깊숙이 박혀 있어
인간답게 살기가 여간 어렵지가 않다

The Instinct

The times demand short answers for their questions, instant replies for their queries,
I argue the world is not that simple

People on the news automatically become guilty regardless of the reasons,
I argue the truth can be the opposite

They tell me I have to keep running only looking ahead of me and arrive at the destination on time,
I stand up saying I need to gaze at Dahurian clustered bellflowers and the capillaries of giant dogwood leaves beaming through the sun

Single-celled organisms appeared 3.8 billion years ago, and
They evolved into multi-cellular organisms 1.8 billion years ago
Humans' earliest ancestors did not appear until 7 million years ago

The instinct that leads us to the life of unicellular organisms is so deeply rooted that
it is really difficult for us to live as humans

안동에
사는
혜暳

혜를 짝사랑하는 나는
혜가 있다는 곳이면 어디든 달려 간다

혜가 안동에 산다고 누군가가 전했다

맘모스제과에서 크림치즈빵과 커피를 주문하고
혜가 혹시 있을까 싶어 주변을 급히 훑어본다

노란 금계국과 흰 개망초가 지천으로 피어 있는 강변공원에도
혜의 흔적은 보이지 않았다

월영교 옆 식당에서 헛제사밥을 먹고
핸즈커피에서 커피 한 잔 테이크 아웃으로 뽑아 든다
삐거덕거리는 나무 다리를 건너
넘실대는 불빛을 가로지르며
월영정으로 향한다

흐드러진 벚꽃, 흐트러진 사람들, 흐느끼는 밤

순간

향기 없는 벚꽃 사이 사이에
상큼한 에어린 아이리스 메도우의 미세한 잔향이 느껴진다
후각이 예민한 나는
혜가 이 레어 아이템을 쓰는 것을 잘 알고 있다
혜가 안동에 사는 것은 이제 분명하게 된 것이다

혜를 찾는 것은 이제 시간 문제이다
혜를 얼마나 빨리 만날 수 있느냐는
내가 얼마나 자주 안동에 오는가에 달려 있다

여름에도 올 것이다
가을에도 올 것이다
겨울에도 올 것이다

안동을 더욱 잘 알아 갈수록
혜를 만날 가능성도 그만큼 커질 것이다

혜를 만나는 날
만휴정* 외나무 다리에서 나지막이 속삭일 것이다
'합시다, 러브, 나랑'

Hye, the Twinkling Star, Living in Andong

I, who have a crush on Hye, run to wherever she is

I was told she lives in Andong

After I ordered a cream cheese bun and a cup of coffee at Mammoth Bakery
I took a rapid glance nearby
Hoping she might be around me

Riverside Park was filled
With yellow goldenwave and white daisy fleabanes in full blossom
She was not there, either

Having Andong style bibimbap at a restaurant near Wolryeonggyo Bridge
Holding a take-out cup from Hands Coffee
Walking on the creaking wooden bridge
Across the surface of light flickering water
I am stepping on to Wolyeongjeong Pavilion

Cherry blossoms in full bloom; People in disarray; The night in tears

In an instant
Among the cherry blossoms that have no fragrance in them
I can smell a waft of refreshing Aerin Iris Meadow
I have a very keen nose and
I know she is using this unique perfume
Now it is very certain that she lives in Andong

---

* 만휴정(晩休亭)은 조선 시대의 문신 김계행(金係行, 1431–1517)이 낙향하여 은거하던 곳이다. 드라마 '미스터 션샤인'에서 유진 초이(이병헌 분)가 고애신(김태리 분)에게 사랑을 고백하는 장면을 만휴정에서 촬영했다.

It is just a matter of time before I see her
How soon I can find her really depends on
How often I come to Andong

In summer I will come
In autumn I will come
In winter I will come

The more I become aware of Andong
The more likely it is to run into her

The day I meet with her
I will quietly whisper on the single log bridge in Manhyujeong Pavilion
'Let's start, amor, together'

연금술사

너는 할 수 있어
안 되면 될 때까지 해 봐
너의 노력이 부족해서 그런 거야
전 우주가 너를 도와줄 거야

그런데, 납을 금으로 바꿔 보려고 애쓰고 있는 연금술사라면?
중성자별이 충돌해야 금이 만들어진다는 것을 알고 있는데도?
전 우주가 도와준다고 해도 지구에서는 금을 만들 가능성이
없다는 것을 알고 있는데도?

무책임한 말의 성찬盛饌이 나는 참 견디기 어렵다

An Alchemist

You can do it.
If you cannot, do it until you can.
You could not succeed because you did not try your best.
The whole universe will help you.

But what if he is an alchemist who tries to turn lead to gold?
Even though you are aware gold can be created only when a neutron star collides with another?
Even though you know there is no possibility to create gold on the earth even if the whole universe helps him?

I cannot stand a feast of irresponsible prattle.

수평선

나는 늘 보이지 않는 것을 보기를 갈망하였기에
수평선 너머에 있는 것들을 그리워했다
작정하고 수평선을 향해 떠나도 봤지만
금세 수평선은 훌쩍 저 멀리 물러나 버려
가까이 다가오는 것을 허락하지 않는다

내가 한때 인식했지만 내 의식에서 사라져 버린 것들
언젠가 생각했었지만 내 기억에서 잊혀진 것들
감각으로 인지했었지만 주의를 기울이지 않은 것들
내가 기억했는지도, 내가 망각했는지도 모르는 그것들

내 머릿속을 스치고 지나간
기억의 단편들을 떠올리기 위해 부단히 애써 보지만
이미 심연으로 들어가 버려 다시는 기억해 낼 수가 없다

나는 느낌으로 저 너머에 거대한 암흑대륙이 버티고 있음을 안다
나는 느낌으로 이 대륙이 나의 삶에 강력한 영향을 미치고
있음을 안다

The Horizon

I have always longed to see the invisible
So I have desired to see things beyond the horizon
Being determined I have once set out for the horizon
But it moves back quickly
It never allows me to come closer

The things that I once recognized but slipped out of my consciousness;
The things that I once thought about but were forgotten out of my memory;
The things that I once perceived through my senses but did not pay attention to;
The things that I never knew I had remembered and forgotten

I try really hard to recollect pieces of my memories
Which passed through my head, but
They have already fallen into the abyss and I cannot think of them again

I can sense a magnificent black continent standing over there
I can sense it exerts a strong influence on my life

신라 여인

이 여인을 몇 년 전 경주박물관에서 우연히 만났다

"좋은 일 있으신가 봐요?"

"있지. 아주 좋은 일이 있지.

이번 길쌈 대회에서 우리 편이 짜릿한 역전승을 했지 뭐야.

지난 삼 년 내리 지다가 이번에 이긴 거야.

우리 편 축하할라고 이렇게 술 한 병 들고 가는 거야."

눈웃음 짓는 모습이 옛날 그녀를 쏙 닮아

계속 말을 걸고 싶어졌다

이후 경주박물관에 갈 때마다 이 여인을 찾았으나

단 한 번도 다시 만날 수가 없었다

직원에게 물어도 잘 있다는 답변뿐

언제 다시 만날 수 있을지 기약이 없다

* 신라여인상은 1987년에 경주 황성동 석실분(石室墳)에서 발굴되었다. 이 무덤은 7세기 중엽에 조성된 것으로 보인다.

오늘도 박물관 직원한테 이 여인의 근황을 물었더니
직원은 신기하다는 듯이 어제도 누군가가 나와 똑같은 질문을
했다고 한다

이 여인을 재회할 그날이 아주 멀지 않은 것 같다

A Woman from the Shilla Dynasty

A few years ago I met her at Gyeongju National Museum by chance

"You seem happy about something."
"Indeed I am. Something really exciting happened.
My team trailed at first and won the weaving contest this year
After being defeated three years in a row.
I am bringing a bottle for celebration."

I wanted to keep talking to her because her smiling eyes looked like
my girlfriend from a long time ago

Thereafter I wanted to see her whenever I went to the museum, but
I was not able to meet with her – not a single time

I only got word that she is okay whenever I asked the staff at the museum
I do not have any prediction when I can meet with her

Today I did the same
They curiously told me someone else asked them the same question yesterday

I think it will not be long before I see her again

신라여인상, 높이 16.1cm, 경주박물관 제공

적토성산
積土成山

순자

흙을 쌓아 산을 이루면, 그곳에서 바람과 비가 일어나고
물을 모아 연못을 이루면, 그곳에서 교룡이 생겨난다
선을 쌓고 덕을 이루면, 신명이 저절로 얻어져서
성인의 마음을 갖게 된다.

적토성산積土成山, 풍우흥언風雨興焉
적수성연積水成淵, 교룡생언蛟龍生焉
적선성덕積善成德, 이신명자득而神明自得 성심비언聖心備焉

ACCUMULATING EARTH INTO A MOUNTAIN
-Xunzi

If you accumulate earth into a mountain, wind and rain will be created there.
If you accumulate water into a lake, dragons will be created there.
If you accumulate goodness and achieve virtue, the spirit of the gods can be acquired by itself and the mind of the saints forms there.

• 순자(荀子)의 『권학(勸學)편』에 나오는 글이다. '적토성산'의 전제는 내가 좋아하는 일을 찾아야 한다는 것이다. 자기가 좋아하는 일을 찾아 그 일에 몰입할 때 느끼는 즐거움은 형언할 수 없을 정도로 크다. 그런 일을 장기적인 안목을 갖고 하루하루 실천해 나가는 과정에서 내 삶도 치밀해지고 단단해진다.

11월

『좋은 생각』

가을과 겨울 사이에
서리가 없으면
얼마나 허전할까?

서리 없이 갑자기 눈이 내리고
얼음이 얼면
낙엽과 풀잎들이 얼마나 놀랄까?

해 뜨기 전에 살짝 덮었다가
해가 뜨면 바로 걷어 내는
하늘의 꼼꼼한 배려에
우리는 또 하나의 사랑을 느낀다.

• 『좋은 생각』 2019년 11월호 표지 사진은 서리가 내려앉은 전형적인 늦가을 아침을 묘사하고 있었다. 큰 감흥 없이 표지를 넘기는 순간 이 글을 만났다. 사진에 대한 간단한 소개글에 불과하였지만 11월에 대해 이보다 더 잘 의미를 부여할 수는 없을 것 같았다. 11월은 변변한 휴일도, 기념일도 없는 너무 평범한 달이어서 나는 늘 11월을 짠하게 생각하고 있었다. 이 글에 따로 제목이 있지는 않았지만, 11월을 가장 아름답게 묘사하는 글이라 생각되어 제목을 '11월'로 붙여 독자들에게 소개해 본다.

November

-Positive Thinking

If we had no frost between autumn and winter
how empty would it feel?

If it snows and freezes suddenly
Without having frost
how surprised would fallen leaves and blades of grass be?

Heaven keeps them gently covered until morning and uncovers them as soon as the sun rises
We feel love from its careful consideration

Chapter 3

혼자 지저귄다 오늘은

TODAY

I AM

TWITTERING

ALONE

승부역 – 분천역
봄 트레킹

단 한 사람도 추월하지 않기

가능하면 많은 사람들에게 추월당하기

봄 얘기 많이 들어 주기

그날 난 수없이 멈추었다

Spring Trekking from Seungbu to Buncheon Station

Not passing a single person

Being passed by anyone who wants to go ahead

Bending my ears to what spring says

I couldn't keep walking without stopping

바위의 눈물

바위도 한 번씩 운다
끙하고 운다

내상이 깊어 도저히 견딜 수 없을 때
끙하고 운다

The Tear of a Rock

Rocks cry once in a while
Groaning

When their internal wound is too deep
And they cannot endure it

They cry groaning

혼자 지저귄다 오늘은

넌 파울 클레의 〈지저귀는 기계〉가 제일 좋다고 했어. 한때 사이 톰블리의 낙서 같은 그림이나 호안 미로의 총천연색의 얄궂은 그림들도 좋아하기는 했지만 그래도 결국은 파울 클레의 그림으로 되돌아왔었잖아. 간지나는 액자에 이 그림을 담아 니 생일 선물로 서프라이즈 했을 때 즐거워하던 모습이 아직도 생생해. 돼먹지도 않은 평론가들이 이 그림이 현대 문명에 대한 경고니 뭐니 말도 안 되는 얘기를 한다고, 트위터가 생기기 전 얼마나 오래전에 만들어진 그림인데 그런 말도 안 되는 해석을 한다고, 넌 분개했었지. 그림의 하늘색 배경이 바다인지 하늘인지 다투다가 토라지기도 했었어. 우린 아침에도 지저귀고 저녁에도 지저귀고 한밤에도 지저귀었지. 돌이켜 보니 우리가 바로 그 지저귀는 기계였었어. 우린 이 그림을 보러 MOMA에도 꼭 함께 가 보자고 다짐했었지. 안타깝게도 그 약속 지키기가 어렵게 되었지만 언젠가는 나 혼자라도 가 볼라고 해.

Today I Am Twittering Alone

You liked Twittering Machine by Paul Klee the most. Once you fell for graffiti style paintings by Cy Twombly or all colorful bizarre ones by Joan Miro but you returned to Paul Klee's paintings. The memory of your glee is vivid when I surprised you on your birthday with a replica in a trendy frame. You were really upset about those snobbish critics commenting Twittering Machine is a warning about modern culture. You argued it is just total nonsense considering it was painted far before the creation of Twitter. You used to be pissed off during our fierce debate whether its blue background is water or sky. We twittered in the morning; in the evening; at night. In retrospect, we ourselves were twittering machines. We promised to go to MOMA to see it. Unfortunately it is obvious that we cannot keep our promise, but I will go there by myself someday.

파울 클레, 『지저귀는 기계(Twittering Machine)』, 64.1×48.3cm, 1922, 위키미디어

마음 들키던 밤

추운 겨울밤

불현듯 다가온 그 순간

호프집에서 무슨 말이 오갔는지는 중요하지 않다

그저 함께 있어 황홀했을 뿐이다

맥주맛이 어땠냐고 물어봐도 소용없다

맥주를 좋아하는 그녀가 좋아했다면 그만이다

그녀에게 물어봐도 소용없다

그날 밤 그녀가 진정으로 마신 것은 맥주가 아니었으니까

잔 부딪치던 소리

범종 울림처럼 마음과 마음이 공명했다

숨겨진 감정을

꽁꽁 감춘 열정을

기꺼이 들키게 놔 두었다

몸이 떨리고 의식은 몽롱했다

대화는 막바지에 접어든다
우린 알고 있다
이것이 너와 나의 시작이자 마지막이라는 것을

집에 가는 길
오리온의 세 별들이 내 어깨를 토닥토닥
함께 별이 되자고
수십억 년 마음대로 태워라
하지만 결코 다가가지는 마라
우린 사랑하는 사람에게 결코 다가설 수 없는
그런 운명을 타고났단다

The Night My Feelings Were Caught

In a cold winter night
The moment came all of a sudden
It did not matter what we were talking about in the pub
Just being together enchanted me

There is no use asking me how the beer tasted
It is okay as long as she who loves beer liked it
It is no use asking her, either
Because what she really drank that night was not beer

The sound of clinking glasses
resonated one heart and the other like a Buddhist temple bell

My hidden feelings
My tightly hidden zeal
I gladly let them be discovered
My body was trembling; My consciousness was stupefied

Our conversation is coming to an end
We know this is our beginning and also our end

On the way home
Orion's three stars were patting my shoulder
Inviting me to become stars together with them
Burn yourself for billions of years
But never approach her
We are fated to turn away from the person we love

고요

석굴암 본존불 오른손으로 시선이 향한다

대각을 성취한 싯다르타는 번뇌를 이기고
석가모니가 되었다

극심한 고통
깨달음의 순간
은은한 미소

선정인禪定印으로 수행에 들어
항마촉지인降魔觸地印으로 성도에 이르렀다

너와 내가 인과관계 속에 있으니
탐욕과 진노와 어리석음에 고통이 생길 뿐
적멸의 고요한 진리를 추구한다

부처님 말씀 다 실천하지는 못해도
인자하신 석굴암 부처님은 이런 나도 품어 주신다

Tranquility

My eyes are trained to the right hand of Buddha of Seokguram Grotto

Siddhartha went through klesha and attained the Enlightenment
Became Sakyamuni Buddha

Extreme sufferings
The moment of awakening
Quiet smile

He started asceticism with meditation mudra
Rose to the heavens with earth witness mudra

You and I are interwoven by dependent origination
All trouble comes from greed, anger, and ignorance
Seeking the quiet truth and trying to attain Nirvana

Buddha of Seokguram Grotto holds me in his arm with his mercy
Although I have not fully practiced his wisdom

석굴암 본존불, 경주박물관 제공

* 선정인(禪定印)은 손바닥을 위로 향한 채 배꼽 앞에 가지런히 두 손을 펴 포개고 있는 모양으로, 싯다르타가 보드가야의 보리수 아래서 선정을 수행할 때 취한 수인이다. 항마촉지인(降魔觸地印)은 선정인에서 왼손은 그대로 두고 오른손을 풀어 손바닥을 무릎에 댄 채 손가락으로 땅을 가리키고 있는 모습이다. 항마촉지인은 부처님이 마왕(魔王) 마라를 물리치기 위해 자신의 정각 성취를 지신(地神)에게 증명해 보라고 말하면서 지은 수인으로, 부처님의 깨달음의 순간을 나타낸다.

모래성

어릴 적
어둑한 저녁
엄마 부르는 소리에
모래성을 짓다 말고
훌훌 털고 일어섰었지

너도
홀연히
그렇게 가 버렸나 보다

친구야
난 여기에
우리가 쌓은 모래성을
차마 떠나지 못하고 있구나

The Sandcastle

When I was a child
On a dark evening
At my mom's calling
I stood up dusting the sand off
Dashing away from the sandcastle I had built

You are gone
Without saying goodbye
Just like that

Hey!
I am still here
Not daring to leave the sandcastle
That we built together

화장장

그날 그곳의
플라타너스 가지는 앙상했다
너의 앙상함이 대수롭지 않다는 듯이

수십 개의 옷 중에서 고르고 골라
눈부시게 아름다운 옷을 차려 입었으니
오늘이 너의 최고의 날이다

솟구쳐 오르는 뜨거움을 보이기 싫어
꾸역꾸역 틀어막아 보았지만
이리 터지고 저리 터지고
범벅이 되어 버렸다

밀려오는 뜨거움을 억누르며
화로에 널 밀어 넣어야 했었다

밀폐공간의 뜨거움 속에
나의 뜨거움도 말라 버리기를 간절히 바랐다

At the Crematory

That day
The branches of sycamore trees were skinny
As if your being skinny is nothing extraordinary

Out of tens of selections
You are wearing the most shining clothes
Today is the best day of your life

I did not want to show that surge of heat
I tried to block every opening in my face
Being burst, exploded, and unraveled
My face was smudged with tears

Suppressing the force of my emotion
I had to push you into the furnace

In the heat of the sealed space
I desperately longed for my fire to be dried out

산다는 것은 슬픈 일이다

이근후

젊었을 때는 의지를 세워 열심히 노력하면 웬만한 일은 전부 이뤄 낼 수 있을 줄 알았다. 그런데 살아 보니 알겠다. 인생은 필연보다 우연에 의해 좌우되었고, 세상은 생각보다 불합리하고 우스꽝스러운 곳이었다. 노력만으로 이룰 수 있는 일은 원래부터 많지 않았고, 흐르는 시간을 당해 내는 것은 결국 아무것도 없었다. 그래서 산다는 것은 슬픈 일이다. 나라는 존재의 미약함을 깨달아 가는 과정이기 때문이다. 그런데 다행스러운 점이 있다. 인생의 슬픔은 일상의 작은 기쁨으로 인해 회복된다는 사실이다. (중략) 하루를 열심히 보내는 가운데 발견하는 사소한 기쁨과 예기치 않은 즐거움이 세월로 인한 무상감과 비애감을 달래 준다. 그래서 사람은 마지막까지 유쾌하게 살아야 한다. 사소한 기쁨과 웃음을 잃어버리지 않는 한 인생은 무너지지 않는다. 그리고 그런 즐거움은 마음만 먹으면 주변에서 언제든지 찾을 수 있다.

• 『어차피 살 거라면, 백 살까지 유쾌하게 나이 드는 법』(이근후, 2019)에 나온 글이다. 인생은 목적지를 향해 질주하는 기관차처럼 느껴진다. 이 기관차는 가속은 될지언정 감속되지 않는다. 종착지가 있다는 사실에 알 수 없는 안도감을 느낀다.

Life Is Sad

-Lee Geunhu

When I was young, I thought I would achieve almost anything if I set a goal and tried my best. But now I know life depends more on luck than fate, and the world is more absurd and ridiculous than I had expected. There were not many things that I could achieve with my effort only, and eventually there was nothing that could defeat the flow of time. That is why life is sad. It is a process that I become aware how weak I am. But there is relief. The sadness of life is calmed by small joys of our daily lives. (...) Little and unexpected joys that can be found while we do our best day to day can comfort hopelessness and sorrow throughout our lives. That is why we are supposed to live a cheerful life until the last. Life does not corrode as long as we keep little joys and smiles. And we can find them anytime nearby if we really want to.

무의식

카를 구스타프 융

나의 생애는 무의식의 자기 실현의 역사다. 무의식에 있는 모든 것은 외부로 나타나 사건이 되려 하고, 인격 역시 무의식의 조건에 따라 발달하며 스스로를 전체로서 체험하려고 한다. (중략) 언제나 나에게 인생은 뿌리를 통하여 살아가는 식물처럼 생각되었다. 식물의 고유한 삶은 뿌리 속에 감추어져 보이지 않는다. 지상에 드러나 보이는 부분은 단지 여름 동안만 버틴다. 그러다가 시들고 마는데 하루살이같이 덧없는 현상이다. 생명과 문화의 끝없는 생성과 소멸을 생각하면 전적으로 허무한 느낌을 받게 된다. 하지만 나는 영원한 변화 속에서도 살아서 존속하는 그 무언가에 대한 감각을 결코 잃어버린 적이 없다. 우리가 보고 있는 것은 사라져갈 꽃이다. 그러나 땅속 뿌리는 여전히 남아 있다.

• 카를 구스타프 융의 『카를 융 기억 꿈 사상』(조성기 옮김, 2007)에 나오는 글이다. 우리가 겪는 모든 것은 잊어버릴지언정 없어지지는 않는다. 우리의 체험과 생각은 무의식 속으로 들어가, 그 위에 떠 있는 우리의 의식에 영향을 미친다.

The Unconscious

-Carl Gustav Jung

My life is a story of the self-realization of the unconscious. Everything in the unconscious tries to come out on the outside to be an event. The personality too develops being guided by the unconscious and wants to experience itself as a whole. (...) At all times, life to me has been regarded as a plant which could survive through its roots. The fundamental life of plants is invisible hidden in the roots. The part of them which can be seen above the ground only lasts for summer. They wither away over time, as transient as dayflies. I feel totally empty when I think of eternal creation and extinction of life and cultures. Yet I have never lost the sense that something has survived in the eternal changes. What we are seeing is the flowers which will disappear, but the roots underground still remain.

Chapter 4

우리가 함께 있다는 건

NOW THAT WE ARE TOGETHER

나의 낙원

나의 낙원은 일 년 내내 신록이 가득 차 있는 곳
팔손이, 산호수, 소철, 푸밀라, 아라우카리아
옹기종기 사이 좋게 공존한다

나의 낙원은 모든 근심이 정화되는 곳
이 친구들과 함께 하는 한 두려움이 머무를 자리는 없다

나의 낙원은 효율이 제로인 곳
나는 이곳에서 책을 읽고 음악을 듣고 글을 쓰며
나만의 비실용적인 세상을 만들어 간다

나의 낙원은 영혼이 숨을 쉬는 곳
그림자를 받아들임으로써 상처를 치유 받고
방하착放下着으로 자유, 몰입, 충만을 누린다

나는 나의 낙원을 매일 정성으로 가꾼다

My Paradise

My paradise is clothed in greenery all through the year
Japanese fatsia, tiny ardisia, cycads, creeping fig and Norfolk island pines
get along peacefully in a cluster

My paradise is where all my worries are purified
As long as I am with them, there is no place where fear remains

My paradise is where there is zero efficiency
I build my own nonpractical world
Reading books; listening to music; writing stories

My paradise is where my soul breathes
My wounds are healed by accepting my shadow
I enjoy freedom, immersion and the fullness of life by letting go

Every day I take care of my paradise affectionately

우리가 함께 있다는 건

오랜 기다림 끝에 여기에 왔습니다
당신 손을 잡고서도
실감이 나지 않습니다

입술의 따뜻함을 느끼고
내 품에 안긴 당신의 뜨거운 가슴으로 내 가슴이 뜨거워진다

우리가 함께 있다는 건
더 이상 이제나저제나 애타게 기다리지 않아도 된다는 것이다
불덩이를 식히려 냉수를 들이켜지 않아도 된다는 것이다

우리가 함께 있다는 건
밤이 하늘을 갉아 먹어 깜깜해져도
새벽 동이 터 올라도 초조해지지 않는다는 것이다
오늘 밤은 시계를 잊어버렸습니다

우리가 함께 있다는 건
가슴에 귀를 대고
서로의 심장 뛰는 소리를 들을 수 있다는 것이다
가슴이 진정 하고 싶은 소리를 조용히 들을 수 있다는 것이다

우리가 함께 있다는 건
이야기를 하다 밤을 새울 여유가 있다는 것이다
심장이 터지더라도 날 위로해 주고 보호해 줄 사람이
곁에 있다는 것이다

우리가 함께 있다는 건
세상에 그 누구도 부러워할 필요가 없다는 것이다
지금 이 순간 나는 세상에서 가장 행복한 사람입니다

가슴이 떨립니다
가슴을 쓰다듬어 주세요
몸이 떨립니다
나를 꼭 껴안아 주세요

우리가 함께 있다는 건
굳이 사랑한다고 말할 필요가 없다는 것이다
이미 우리는 말보다 강력한 언어로 대화를 하고 있기 때문입니다

Now That We Are Together

We have finally arrived here after a long wait
Even though I am holding your hands I cannot believe that we are together

I feel your warm lips
You are in my arms
My heart gets warm with your warm heart

Now that we are together
We do not have to wait impatiently to see each other
We do not have to gulp down icy water to cool off the fireball

Now that we are together
Though the evening may eat up the sky bit by bit and turn the sky dark
Though the day dawns
We do not have to be worried
Tonight I lose track of time

Now that we are together
We can listen to each other's heartbeat putting our ears to each other's chest
We can quietly hear what our hearts really want to say

Now that we are together
We can afford to stay up talking
There is a person beside me to comfort me even when my heart bursts out of my chest

Now that we are together
We do not have to be jealous of anybody
I am the happiest in the world at this moment

My heart is pounding
Touch my heart
My body is trembling
Hold me tightly

Now that we are together
We do not have to say I love you
We are already talking with stronger language than words

출근

주차장에이팝나무꽃이하얗게너무이쁘게피어그거생각하다한층
더걸어올라갈라는찰나에박대리가부장님어디가시냐고해서급거
다시원래층으로복귀했다

En Route to My Office

In the parking lot there are beautiful white Chinese fringe tree flowers in bloom. I was so lost in them that I was about to pass my floor when Ms. Park asked me where I was going. I made haste to turn back to my floor.

화성의 위태로운 고독

오래전 너와 내가 선택한 두 갈래의 다른 길
생명의 길과 고독의 길

어쩌다 한 번씩 돌들을 던지며 안부를 묻기도 했지만,
궤도를 돌다 우연히 조우하거나 멀어지거나 했지만,
대체로 서로에게 간섭하지 않고 살아 왔어

수십억 년 동안 무수히 많은 생명의 탄생, 번영, 멸종,
눈을 뗄 수 없는 경이로운 다큐멘터리 정말 잘 봤어, 지구가 제공한
그 중 '쥬라기 공원'이 제일 재미났어
최근 시작된 '인류의 출현과 발전' 시리즈도
흥미진진하게 잘 보고 있어

최근 이 인류가 자꾸 이쪽에 뭘 보내 집적이기 시작했어
내 피부에 기어 다니며 꼬집는 통에 간지러워 견디기 어려워

공룡이 지구를 무려 2억 년 동안 지배했지만
먹고 번식하는 거 외에 신경 쓰는 것을 본 적이 없는데,
호모 사피엔스는 생각이라는 것을 생각해 내더니
우주 속에서 자신들의 존재 이유를 찾는 거야

사실 우주에 이들이 존재해야 할 필연적인 이유는
존재하지 않는데도 말이야

무지막지한 살육과 도륙, 거칠었던 인류의 역사
아메리카 대륙을 물밀듯이 밀고 들어가
모든 것을 파괴하던 것을 똑똑히 봤어
자기 성미대로 주위를 개조해야 직성이 풀리는 이들의
이기적 본능도 두려워

스크린을 뚫고 조만간 내 쪽으로 돌진할 인류를 생각하니
나의 고독을 파괴하고 궁극적으로 여기를
제멋대로 바꿔 버릴 것을 생각하니
나 정말 우울하다

The Solitude of Mars at Stake

The two separate roads you and I chose a long time ago -
A road to life, a road to solitude

Once in a while I threw stones to you to say hello,
We happened to meet or become distant orbiting the sun,
But mostly we did not interfere with each other

The birth, expansion, and extinction of a countless number of lives for billions of years
I have really enjoyed the amazing documentaries presented by the Earth
'Jurassic Park' was the most fun among them
I also like the recently released episodes of 'The emergence and development of Humans'

Lately these humans started to send things to hit on me
They crawl on my skin and pinch me; Itchy and intolerable they are

Dinosaurs ruled the earth for as long as two hundred million years
I never thought they were interested in things other than eating and mating, but
Homo Sapiens came up with something called thinking and
They are eager to find the reason for their existence in the universe
Even though, in fact, there are no inevitable reasons why they should exist in this world

The rough human history with brutal slaughter and massacre
I saw humans rushing to the American continent and destroying everything
I am scared of their selfish instinct which insists on remodeling the surroundings as they wish

I am really depressed
They are going to rush to me pushing through the screen in the near future
They are going to destroy my solitude and change this place as they wish

경주 가는 길

1906

"경주여, 경주여.

십자군이 예루살렘을

바라보는 마음은 지금의 나의 심정과 다르지 않다.

나의 로마는 눈앞에 있도다.

나의 심장이 고동치기 시작하노라."[*]

(이마니시 류, 식민사학자)

2019

나는 경주에 가며

아파하지도

슬퍼하지도

결연하지도 않았다

---

* 위 인용문은 『신라사 연구』(이부오, 하시모토 시게루 옮김, 2008)에 실린 글로 도쿄제국대학 대학원생이었던 이마니시 류가 1906년 경주를 방문하고 쓴 수필의 일부이다.

Enthusiasm and Indifference

1906
"Gyeongju! Gyeongju!
What the Crusaders felt watching Jerusalem
is not different from my feelings.
My Rome is in sight.
My heart starts to beat quickly."
(Imanishi Ryu, Japanese colonial historian)

2019
When I arrived in Gyeongju
I was neither heartbroken
nor grieved
nor determined

이인성, 『경주 풍경』, 25.5×48.5cm, 1938, 대구미술관 제공

아빠와 신발

우리 집 세 자식의 신발 구입은 늘 아빠가 도맡았다
우리 모두 한창 클 때였으므로 살 때마다 사이즈가 늘어 갔지만
신발이 맞지 않은 적은 한 번도 없었다

자식의 신발이 커져 가는 것이 아빠의 자랑이었고
자식의 신발을 챙기는 것이 아빠의 존재 이유였다

아빠는 숭고한 사명을 절대로 엄마에게 맡기는 법이 없었다

자식들의 신발 사이즈가 더 이상 커지지 않게 되었을 때
아빠는 문득 불안감을 느꼈던 모양이다
그렇게 아빠의 시대는 그렇게 스러져 갔다

아침 출근하며
신발 찾다가
새 신발 여깄다 내밀던 아빠가 그리웠다

Dad and Shoes

Dad always took care of buying shoes for us three siblings
All of us grew rapidly and had to buy larger shoes every time we needed new pairs,
But he never bought wrong-sized shoes

Dad was proud that his children's shoes got bigger,
Taking charge of our shoes was the reason for his existence

Dad never asked mom to carry out this sublime mission

Dad seemed to fall into a certain anxiety all of a sudden
When our shoes stopped getting bigger
Before long dad's era was gone

Leaving for work in the morning
Looking for shoes
I missed my dad who always put forward my shoes saying "Here are your new shoes"

대구 치맥 페스티벌

뜨거운 여름밤
뜨거운 대구에는
뜨거운 별들 사이로
뜨거운 치킨이 주렁주렁 열린다

뜨거운 젊은이들의
뜨거운 열기
뜨거운 광기
이 뜨거움을 견딜 수 없다

벌컥벌컥 울컥울컥
바다같이 새파란 차디찬 맥주를 들이켠다

뜨거운 청춘이여
뜨거운 이 밤을
일도 남기지 말고

치맥으로 튀겨보고
치맥으로 버무리자

Daegu Chimac Festival

On a hot summer night
In hot Daegu
Among hot night stars
Hot fried chicken ripens in clusters

Hot young lads
Hot fevers
Hot chaos
The heat cannot be contained

Gulping and guzzling
I drink ocean-blue cold beer

Hey, hot youths!
Do not miss out on this one hot night

Let's fry with Chimac
Let's mix with Chimac

낭객浪客의 신년新年 만필漫筆

신채호

옛날의 도덕이나 금일의 주의主義란 것이 그 표준이 어디서 났느냐? 이해利害에서 났느냐? 시비是非에서 났느냐? (중략) 그러므로 인류는 이해문제利害問題 뿐이다. 이해문제利害問題를 위하여 석가도 나고 공자도 나고 예수도 나고 마르크스도 나고 크로포트킨도 났다. 시대와 경우가 같지 않으므로 그들의 감정의 충동도 같지 않아 그 이해 표준의 대소 광협廣狹은 있을망정 이해利害는 이해利害이다. 그의 제자들도 본사本師의 정의精義를 잘 이해하여 자기의 이利를 구하므로, 중국의 석가가 인도와 다르며, 일본의 공자가 중국과 다르며, 마르크스도 카우츠키의 마르크스와 레닌의 마르크스와 중국이나 일본의 마르크스가 다 다름이다.

우리 조선 사람은 매양 이해利害 이외에서 진리를 찾으려 하므로 석가가 들어오면 조선의 석가가 되지 않고 석가의 조선이 되며, 공자가 들어오면 조선의 공자가 되지 않고 공자의 조선이 되며, 무슨 주의가 들어와도 조선의 주의가 되지 않고 주의의 조선이 되려 한다. 그리하여 도덕과 주의를 위하는 조선은 있고, 조선을 위하는 도덕과 주의는 없다.

아! 이것이 조선의 특색이냐, 특색이라면 특색이나 노예의 특색이다. 나는 조선의 도덕과 조선의 주의를 위하여 곡哭하려 한다.

A New Year's Essay by a Wanderer

-Shin Chaeho

What do morals of olden days and ideologies of these days exist for? Are they for our survival, or justice? (...) Therefore survival is the sole driving force for humankind. That is what great philosophers like Gautama Buddha, Confucius, Jesus, Marx and Kropotkin are for. There could be some variations in their sentiments influenced by different times and occasions, but survival is still survival. Their disciples have a good understanding of the philosophers' ideas and seek their own interests. That is why China's Buddha is different from India, Japan's Confucius is different from China, and Kautsky's Marx is different from Lenin, China and Japan.

Chosun people always look for the truth outside of survival. When Buddha was introduced, it became Buddha's Chosun, not Chosun's Buddha. When Confucius was introduced, it became Confucius' Chosun, not Chosun's Confucius. When an ideology was introduced, it became the ideology's Chosun, not Chosun's ideology. We always end up with Chosun for morals and ideologies, but not morals and ideologies for Chosun.

Alas! Is that Chosun's characteristic? It may be, but that of slaves. I will lament for morals and ideologies for Chosun.

• 『동아일보』 1925년 1월 2일자에 실린 신채호의 글이다. 우리 역사에 되풀이되어 온 '수입된 사고의 내면화'를 생각할 때마다 가슴이 아프다. 이는 노예로 사는 삶이다. 남이 벌여 놓은 판에서 아등바등 사는 삶은 이제 지겹다. 나는 오로지 나 자신과만 경쟁할 것이다.

Chapter 5

매미가 우는 까닭

THE REASON WHY CICADAS CRY

내 친구
모감주나무

우리의 첫 만남은 그다지 드라마틱하지 않았어
회색빛 겨울이 막바지 기세를 부리던 날
나는 새로 발령받은 곳에서 잘 해낼 수 있을까
다소 긴장된 마음으로 차를 몰고 주차장에 들어섰어
주차장 앞에서 네가 나를 맞이하는 것을 알지 못한 채

봄날 3층 사무실에서 보니 넌 싹을 틔우고 잎을 내는
평범한 작업을 하고 있었어
유월 어느 날 보란 듯이 황금빛 꽃줄기를 하늘을 향하여
힘껏 뻗어 올렸고
다른 직원들에게 모감주나무 꽃이 진짜 아름답다고
흥분해서 떠들었지만
아름다운 꽃이 피어 있는 것도, 너의 이름도, 심지어 너의 존재도,
아는 사람이 없었어

너도 나밖에, 나도 너밖에 다른 수가 없으니
이때부터 너와 나의 비밀스러운 관계는 본격적으로 뜨거워져
한 달 내내 황홀경 속에서 너의 아름다움을 희롱했었다

급하게 꽃을 피우고 비가 내리자마자 져 버리는 봄꽃과는 달리
장맛비가 내릴수록 더 선명한 샛노랑으로 생명의 충만함을
너는 발산했다

가을이 되어 열매를 맺고 후세를 전해야 할 때 너는,
씨방을 배처럼 만들어 파도를 타고 바다로 나섰다
평범한 길을 택하는 대신 용기를 내어 모험의 길을 떠났다

너도 대충 알고 있겠지만, 친구야, 나 곧 여기를 떠나야 해
아침에 출근해서 컴퓨터 켜고 너와 얘기하며 커피를 마셨던 추억
잊지 않을게
남들이 꽃 피운다고 설레발칠 때 기본부터 충실히 다지던 모습
잊지 않을게
남들이 알아 주든 말든 스스로의 삶에 충실했던 자세
잊지 않을게
남들이 쉬운 길 갈 때 도전적이고 창의적인 길을 가려고 했던
마음 잊지 않을게

마음을 함께 하는 우리는, 친구이니까

My Friend, the Golden Rain Tree

There was nothing fancy about our first meeting
The day the gray winter burst into its final stage of fury
I pulled into the parking lot feeling nervous
I wondered, Could I survive at a new place?
Not knowing you greeted me as I arrived

Looking from my office on the third floor one spring day
You shot out buds and leaves, which is a very ordinary line of work
One day in June you enthusiastically stretched out golden flower stems towards the sky
As if you wanted to show off
In my excitement, I told my coworkers that the golden rain flowers were really beautiful, however
there was no one who knew your beautiful flowers were in bloom, what your name was, or even the fact that you existed

I was the only one you could talk to and vice versa
From then our intimate relationship began in earnest
I was captivated, for the whole month, intoxicated by your beauty

The more it rained in monsoon season, the more richness of life you released in bright yellow color
So different from spring flowers which blossom in such a hurry and disappear as soon as it rains

When the time comes to bear fruit and leave offspring,
You departed for the ocean on waves after making the ovary into a boat
Beginning an adventure instead of choosing the ordinary way

My friend! I guess you got wind of what is going on, I am going to leave here soon
I will not forget the memory of coming to work every morning, turning on the computer, talking to you, and having coffee

I will not forget your attitude of focusing on the basics when others were in such a hurry to blossom
I will not forget your spirit of being faithful to your own life regardless if others paid attention to you or not
I will not forget your mindset of choosing to take a challenging and creative way when others followed an easy way

We are friends
Because our hearts are together

매미가 우는 까닭

하도 황당해서 매미는 운다
착실하게 7년 동안 준비해서 지하세계에서 간신히 탈출해
이제
제대로 놀아 볼라고 하는데, 수명이 며칠밖에 안 남았다니
이런 쓰으발! 완전히 망했네!

하도 당황해서 매미는 운다
아무리 목청껏 울어대도 수컷의 절반 이상은 짝을 만나지 못하고
삶을 마감한다
땅에 오르자마자 쉴 틈도 없이 극한 노동에 시달리니
이런 쓰으발! 완전히 폭망했네!

하도 억울해서 매미가 운다
나름 옹골차게 살아 왔다고 자부하는데
인생 쉽게 사는 놈이라고 매도해 버리니
이런 쓰으발! 내가 어떻게 여기까지 왔는지
니가 매미 인생을 알기나 해?

하도 불쌍해서 매미가 운다
며칠 울다가 보니 사람들 처지도
매미하고 별반 차이가 없는 거다
사람들은 곳곳에서 아예 비명을 지르고 있는 거다
나 바라보는 너도 졸라 불쌍하다고 운다

태양이 뜨겁게 지구를 달구는 날
매미가 쓰으발 쓰으발 우는 나무 아래서
나도 서럽게 따라 울었다

The Reason Why Cicadas Cry

They cry because they heard something preposterous
For seven years, step by step, they prepared themselves
Managing to escape the underground world,
They are now ready to paint the town red, but they are told they have only a few days left
Holy shit! I am done for!

They cry because they realize they are facing an embarrassing fate
More than half of the males crying their voices out finish their lives without finding a partner
As soon as they surface to the ground, they are pressed to work their asses off without a break
Holy crap! I am screwed!

They cry because they are unfairly judged
They are proud that they have lived a solid life, but
People accuse them for living an easy life
Oh, shit! Do you have any idea how I managed to get here and what our life is like?

They cry because they feel sympathy
After crying a few days they become aware that people are not very different from their situation
People do not just cry, but scream everywhere
I cry because I feel sorry for you who are looking at me

One summer day when the sun is scorching the earth
Under the tree where cicadas were crying, firping angrily
I too cried sadly

아름다운
작전

해가 내리

쬐는 오후 산수국이 아름다운 것들을 어디론가 수송하고 있다

드론으로

THE BEAUTIFUL OPERATION

On a sunny afternoon
Beautiful things are being transported somewhere
By mountain hydrangeas

On the drones

* 산수국은 7~8월에 수술과 암술이 몰려 있는 아주 작은 양성화(참꽃)가 가운데 피고 그 주변으로 지름 2~3cm 정도 되는 무성화(헛꽃, 장식꽃)가 한꺼번에 핀다. 장식꽃을 보고 달려든 곤충들이 꽃가루받이를 해 주게 되는데, 참꽃들의 수정이 끝나면 장식꽃들은 거꾸로 뒤집어진다. 꽃의 색깔은 토양의 성질에 따라 달라진다.

글자 공부 참 재밌다 – 學而時習之*

學

어릴 적 학교 갈 즈음
아비는 덧셈 뺄셈을 내게 가르치셨다
삼천 년 전에도
이천 년 전에도
일천 년 전에도
변함없이, 지금도
아비들은 자식들에게
자식들은 그 자식들에게

習

엄마 저도 이제 날 수 있어요, 날게 해 주세요
아직 안 돼, 더 연습해야 해
쉼 없이 나뭇가지와 둥지 사이로 퍼덕퍼덕
삼천 년 전에도 둥지를 떠나기 전에
독수리는 수만 번 날갯짓을 했을 것이다

How Fun It Is To Study Characters – 學而時習之

學
When I was about to go to school
My dad taught me addition and subtraction
Three thousand years ago
Two thousand years ago
One thousand years ago
Even now, without fail
Dads to their children
Their children to their children's children

習
Mom, now I can fly. Allow me to fly.
Not now. You need more practice.
The kid keeps flapping, fluttering between his nest and the branches of the tree
Three thousand years ago, as well
Before leaving his nest
The eaglet must have beaten his wings tens of thousands of times

---

* 學而時習之는 논어의 첫 구절이다. 첫 문장 學而時習之不亦說乎는 '배우고 때때로 익히면 또한 즐겁지 아니한가?'라는 뜻이다. '배울 학(學)'은 집(冖)에서 아들(子)이 두 손(臼)으로 산가지(爻)를 들고 숫자를 배우는 모습이다. '익힐 습(習)'은 매일(白) 날갯짓(羽)을 하는 모습이다.

칼 맞은 책들

내 책 중에는 등에 칼자국 난 것이 좀 있다
내가 너무 서두르는 바람에

상처 부위에 스카치 테이프를 두르고 있는데
계속 그대로인 것을 보니 완치가 어려운 모양이다

대개 이런 책들은 나에 대한 보복을 지체하지 않는다
당일 밤에 내 가슴에 비수를 꽂고 내 폐부를 찌르고
급기야 찢어지는 고통이나 격한 감동으로
밤새 통곡을 멈출 수 없게 한다

Nicked Books

Some of my books are stabbed in the back
because of my hurriedness

Scotch tape is wrapped around the injury,
There seems no complete recovery considering they do not disappear for a long time

Mostly they never hesitate to retaliate against me
The same night
They plunge a dagger into my heart and puncture my lungs
Eventually making me never stop moaning all through the night with heartbreaking agony and deep emotion

1989년 3월 8일 –
스티븐의 마지막 아침

엄마 저는 이 전쟁이 무서워요

아침마다 오늘이 마지막 날이 될지도 모른다는
두려움이 저를 짓눌러요

이 전쟁이 나에게서
나의 모든 것을 앗아가 버릴지도 모른다는
두려움에 숨이 막혀요

이 세상 모든 것 중에서 가장 사랑하는 엄마를
다시 만나지 못할까 봐
무척 겁이 나요

…

엄마 나는 이제
천 개의 바람 되어
날고 들며 고요하게 자유롭게 노닐고 있어요

엄마 눈물로 하루를 보내지도
눈물로 밤을 지새우지도 말아 주세요

엄마 저는 더 이상 두려움에 시달리거나 고통받지 않아요
더 이상 제 걱정은 하지 마세요

이제
제가 바람 되어
엄마의 뺨을 어루만져 드릴게요

제 무덤은 필요하지 않아요
저는 어디에도 있고 어디에도 없으니까요

---

* 1989년 스티븐 커민스라는 영국 병사가 IRA 지뢰에 사망을 했다. 이 병사는 사망 전 며칠 전에 부모님께 편지를 보냈는데, 이 편지 내용 중에 메리 프라이가 지은 시 '내 무덤 앞에 서서 울지 마세요(Do Not Stand at My Grave and Weep)'가 써 있었다고 한다. 이 시를 장례식에서 스티븐의 아버지가 낭독을 했고 그 장면을 BBC가 방송하게 되면서 전세계적으로 알려지게 되었다. 이 시에 일본 작곡가 아라이 만이 곡을 붙여 "천 개의 바람이 되어(千の風になって)"로 발표한 바 있으며, 이를 팝페라 가수 임형주가 번안하여 세월호 참사 공식 추모곡으로 헌정하면서 우리나라에서도 널리 불리게 되었다.

March 8th, 1989 – Stephen's Last Morning

Mama, I am frightened of this war

Every morning I am overwhelmed by the fear
Today might be the last day

I am choked by the thought
This war might strip me of everything

I am really terrified
I would not see you again
Whom I love the most in the world

...

Mama, I am a thousand winds now
Flying in and out
Strolling around freely and comfortably

Mama, do not spend the day or stay up at night crying

Mama, I am no longer haunted or oppressed by the fear
Do not worry about me

Instead
I will caress your cheek gently and softly
I am the winds now

I don't need a grave
I am everywhere and nowhere

내 무덤 앞에 서서 울지 마세요

메리 프라이

내 무덤 앞에 서서 울지 마세요

나는 거기 없어요, 나는 잠들지 않았습니다

나는 천 갈래의 바람이 되어 불고 있어요

나는 흰 눈 위에서 다이아몬드처럼 반짝이고 있고

햇살 되어, 익어 가고 있는 곡식을 비추고 있습니다

나는 촉촉하게 대지를 적시는 가을비입니다

당신이 조용한 아침에 눈을 뜰 때

원을 그리며 훠이 날아오르는 새이기도 하고

한밤중에 부드럽게 빛나는 별이기도 합니다

나는 거기 없어요, 나는 죽지 않았습니다

내 무덤 앞에 서서 울지 마세요

Do Not Stand at My Grave and Weep

-Mary Elizabeth Frye

Do not stand at my grave and weep
I am not there, I do not sleep
I am a thousand winds that blow
I am the diamond glint on snow
I am the sunlight on ripened grain
I am the gentle autumn rain
When you awake in the morning hush
I am the swift, uplifting rush
Of quiet birds in circled flight
And the soft star that shines at night
I am not there, I did not die
Do not stand at my grave and cry

그 좋은 밤으로 순순히 들어가지 마세요

딜런 토머스

그 좋은 밤으로 순순히 들어가지 마세요

노년에는 날이 저물 때 활활 불태우고 미친 듯이 날뛰어야 합니다

꺼져 가는 빛에 맞서 분노하고 또 분노하세요

똑똑한 이들은 결국에는 어둠이 순리인 줄 알지만

말로써 어떤 번개도 쳐 본 적이 없었기에

그 좋은 밤으로 순순히 들어가지 않습니다

착한 자들은, 마지막 파도가 칠 때,

자신의 보잘것없는 행위라도

푸른 포구에서 춤을 췄다면 얼마나 빛났을까 한탄하며

꺼져 가는 빛에 맞서 분노하고 또 분노합니다

도는 태양을 붙잡고 노래했던 격정적인 자들은

늦게서야 비밀을 깨닫고, 지는 인생을 애통해하며

그 좋은 밤으로 순순히 들어가지 않습니다

죽음을 앞둔 위독한 자들은, 눈은 멀어져 가지만,

아무것도 보이지 않는 눈도 유성처럼 이글거리고 기뻐할 수 있으니

꺼져 가는 빛에 맞서 분노하고 또 분노합니다

그러므로 당신, 나의 아버지, 그 슬프고 높은 곳에서

당신의 뜨거운 눈물로 나를 저주하든 축복하든지

부디 기도하오니

그 좋은 밤으로 순순히 들어가지 마세요

꺼져 가는 빛에 맞서 분노하고 또 분노하세요

• 딜런 토머스(1914-1953)가 투병 중인 아버지를 위해 쓴 시라고 한다. 나도 막내 동생이 암에 걸려 수술을 하게 되었을 때 이 시를 많이 읽었다. 시중에 나와 있는 그 어떠한 번역도 만족스럽지 않아 필자가 직접 번역했다.

Do Not Go Gentle into That Good Night

-Dylan Thomas

Do not go gentle into that good night,
Old age should burn and rave at close of day;
Rage, rage against the dying of the light.

Though wise men at their end know dark is right,
Because their words had forked no lightning they
Do not go gentle into that good night.

Good men, the last wave by, crying how bright
Their frail deeds might have danced in a green bay,
Rage, rage against the dying of the light.

Wild men who caught and sang the sun in flight,
And learn, too late, they grieved it on its way,
Do not go gentle into that good night.

Grave men, near death, who see with blinding sight
Blind eyes could blaze like meteors and be gay,
Rage, rage against the dying of the light.

And you, my father, there on that sad height,
Curse, bless, me now with your fierce tears, I pray.
Do not go gentle into that good night.
Rage, rage against the dying of the light.

일러두기

● 한국어의 영문(로마자) 표기법은 가급적 존중했으나 굳이 어색한 표현을 만들어 가면서까지 이를 따르지는 않았다. 예를 들어 바뀐 표기법에 의하면 '한강'은 Hangang River로 나타내야 하지만 Hangang이 적절하다고 본다. 그러나 '월영정'은 새로운 표기법에 따라 Wolryeongjeong Pavilion이라고 표기했다. 새로운 표기법은 이해하기 쉽고 읽기 쉽고 운율이 지켜지는 범위 내에서만 따랐다.

● 블로그 "잉글리시 스튜디오"(blog.naver.com/engstudio)에 가면 더 다양한 영어 표현과 자세한 설명을 볼 수 있다.

Chapter 6

영문 해설

THE

WRITER'S

COMMENTARY

화끈한 놈들

COOL FELLAS

Cool fellas

'화끈한 놈들'은 Hot guys / Cool guys / Cool fellows도 좋으나, 가장 경쾌한 느낌을 줘서 이 시의 분위기와 가장 잘 어울리는 Cool fellas를 골랐다. fella는 fellow의 비격식 표현이다.

Lake flies have a degenerated mouth and do not eat or drink /
All they do is dance in groups for mating

'깔따구'는 chironomid[kairɑ́nəmid](복수형 chironomids)인데, 일반적으로 lake flies라고 한다. '깔따구는 입이 퇴화해서'는 이중주어문인데, 사람이나 동식물의 특징을 나타내는 이중주어문은 동사 have를 활용하면 곧잘 맞아떨어진다. 이 문장 역시 '깔따구는 퇴화된 입을 가지고 있다'로 생각해서 Lake flies have a degenerated mouth로 옮겼다. 한편 '군무를 추다'는 〈dance + in groups(복수형)〉이다.

Male chironomids make desperate efforts to fly
to the highest point to seduce females /
Female chironomids lay eggs at the best place after the mating journey

'사력을 다해 제일 높은 곳에 오른다'는 〈make desperate efforts + to fly to the highest point(to부정사)〉로 표현했으며, '알을 낳다'는 lay eggs이다.

Finally as soon as they drain the batteries they are born with,
they finish their lives as a dayfly /
I can say they are the hottest fellas on earth

'타고난 배터리'는 the batteries they are born with인데, 간단히 their batteries라고 해도 좋다. '하루살이'는 dayfly이다.

‡

코끼리 선언

THE ELEPHANTS MANIFESTO

The elephants manifesto

단수형 elephant와 복수형 elephants 모두 가능한데 의미상 차이가 있다. 단수형은 '코끼리 종족 전체'를 뜻하고, 복수형은 '선언을 하기 위해 이 자리에 모여 있는 코끼리들'을 강조한다. '선언'은 declaration / manifesto인데 declaration은 지금 맥락에서 쓰기에는 너무 약해 manifesto를 선택했다. 참고로 마르크스와 엥겔스의 책 '공산당 선언'은 The Communist Manifesto라고 한다.

We, the elephants, declare that we will not dance for compliments /
We declare that we will not desperately seek likes on facebook /
We declare that we will not search "how to be liked by everybody" on Youtube

'페이스북에서', '유튜브에서', '인터넷에서'는 전치사 in이 아니라 on을 써서 on facebook / on Youtube / on the internet이라고 한다. '통화 중이다'를 on the phone이라고 하듯 전치사 on에는 '어딘가에 맞대어 그것을 수행하고 있다'는 뜻이 들어 있다. 한편 페이스북 '좋아요'는 복수형 likes를 쓰며, '누구에게나 호감받는 비결'은 how to로 표현했다.

I declare that I will do what excites me the most /
I declare that I will do what thrills me the most /
I declare that I will do what electrifies me the most /
I declare that I will do what keeps me up late at night and propels me out of bed early in the morning

동사 excite / thrill / electrify는 모두 사람을 목적어로 갖는다. '(사람)을 흥분하게/떨리게/전율하게 하다'라는 뜻이다. '벌떡 일어나게'는 propel me out of bed로 표현했다.

I declare that I will live a dense, firm, solid, and watertight life /
I solemnly declare that I become the master of my life and live an independent life

'촘촘하게 단단하고 탄탄하게 물샐틈없이', '주체적으로'를 형용사를 써서 a dense, firm, solid, and watertight life와 an independent life로 표현했다.

충실하게 산다는 것

TO LIVE DUTIFULLY

To live dutifully

일상적으로는 live a dutiful life도 좋으나, 이 시는 이 생 뒤에 다음 생이 있다는 불교적 세계관을 어느 정도 염두에 두고 있으므로 live dutifully라고 썼다. 〈live + a dutiful life〉는 '딱 한 개의 생'으로 의미가 국한되기 때문이다. dutifully 대신 faithfully를 써도 좋다.

You endure the weight on the cracks of your scorched black shoulders /
Without saying anything

이 시는 타이어를 떠올리며 쓴 것이다. 맥락상 '무게'는 이미 알고 있는 그 어떤 대상의 무게(즉, '자동차의 무게')를 말하므로 정관사 the weight이라고 해야 한다. '(어깨) 틈으로'는 treads / gaps도 가능하지만 이들 단어는 타이어가 연상되어 지나치게 직설적이다. 따라서 다소 모호하게 시작함으로써 읽는 사람의 흥미를 자아내기 위해서 cracks를 사용했다. scorched는 '까맣게 탄', '그을린'이란 뜻이다.

At the moment of emergency /
You drop yourself right down against the ground, /
Enduring a smarting and burning sensation

한국어의 절을 영어로 전환할 때 분사구문이나 to부정사를 쓰면 훨씬 영어다운 표현이 되는 경우가 많다. 분사구문은 동시에 발생하는 사건, 연이어 순차적으로 발생하는 사건에 사용되고 to부정사는 조건, 목적, 결과, 원인 등의 맥락에 사용된다. '너는 온몸을 바닥에 밀착시켜'와 '그 따가움과 뜨거움을 견뎌낸다'는 거의 동시에 발생하는 사건이므로 분사구문으로 나타냈다. '온몸을 바닥에 밀착시키다'는 You tightly stick to the ground라고 해도 좋지만, 여기에서는 보다 사실감 있게 표현하기 위해 '자기 스스로를 떨어뜨려 바닥에 밀착시키다'를 뜻하는 〈drop yourself + right down + against the ground〉로 옮겼다. drop 대신 draw도 쓸 수 있다.

Taking the risk of your life, you fight desperately /
Not to give way even one millimeter

'(힘에) 밀리다', '양보하다'는 give way이다. '1밀리미터'는 '1밀리미터만큼'이란 뜻이므로 〈전치사 by + one millimeter〉가 문법적으로는 정석이나, 일상 대화에서는 전치사 by를 생략하는 것이 훨씬 자연스럽다. '1밀리미터라도 더 밀려나지 않겠다고'는 '1밀리미터라도 더 밀려나지 않기 위해'란 뜻이므로 Not to give way even one millimeter처럼 to부정사를 활용해 표현했다.

Grooves and grooves, gnarls and gnarls are crushed /
The flesh on your shoulders is ripped off

'홈'은 groove, '마디'는 gnarl[na:rl]이다. '짓이겨지다'는 '으스러지다'이므로 are crushed, '찢겨 나가다'는 is ripped off이다.

When there is no more flesh to be abrased, to be shattered, to be shredded /
You know it is time /
You accept it calmly with no regrets, resentments, or jealousy

'밀리고 긁히고 바스러질'을 to be abrased, to be shattered, to be shredded로 옮겼다. abrase는 '닳게 하다', shatter는 '산산이 부수다[조각내다]', shred는 '갈기갈기 찢다, 조각조각으로 끊다'라는 뜻이다. 한국어와 영어 표현이 직접 1:1 대응되지는 않으나 유사한 느낌을 전달하기 위해 이 단어들을 선정했다. You know it is time 뒤에는 to say goodbye가 생략되었으며, '담담히 받아들인다'는 accept it calmly로 옮겼는데 여기서 it은 '이별'을 뜻한다. 한편 no regrets, resentments, or jealousy에 접속사 or를 사용했는데 맥락상 and는 맞지 않다.

Parting from me is not necessarily the end of your life /
You understand everything turns and rotates /
At the end of this life you burn yourself, morph yourself and /
Transform into another life

'만물이 돌고 돈다'는 everything turns and rotates, '모습을 바꿔'는 morph yourself로 옮겼다. 동사 rotate는 바퀴가 도는 것을 나타내는 은유적인 표현이다. '다른 삶에 깃들인다'는 transform into another life라고 표현했다. 한편 '생의 마지막 순간에'를 〈At the end of + 소유격 your life〉라고 하지 않고 지시사 this life를 쓴 이유는 이 생이 다음 생으로 이어지는 것임을 나타내기 위해서이다.

ǂ

컴퓨터 조립하기

BUILDING A COMPUTER

Building a computer

'조립하다'는 assemble도 좋지만 다소 공학적, 과학적 느낌이 강하므로 이 시의 맥락에는 build가 어울린다. to부정사를 써서 To build a computer라고 제목을 옮겨도 좋다.

A CPU, RAM, a motherboard, a hard disk, a video card,
a case and a power supply /
Once in a while I myself build a desktop computer after buying these parts

시간 흐름에 따라 발생하는 사건은 접속사 또는 to부정사를 사용해 표현 가능하다. '한 번씩 부품을 사다가 데스크톱 컴퓨터를 조립한다'는 I myself buy these parts and build a desktop computer / I myself buy these parts to build a desktop computer도 가능하다. 다만 이때는 내가 컴퓨터를 조립한다는 점이 부각되지 않는 평이한 문장이 되므로 I myself build a desktop computer를 앞세워 맥락에 더 잘 맞는 문장을 사용했다. 한편 컴퓨터 메모리는 두 개 이상 설치되어도 단수형 memory를 쓴다. 하지만 memory보다는 RAM(Random Access Memory)이라고 부르는 것이 일반적이다.

Only after the operating system is installed successfully /
Can that lump of metal be born as a computer

'금속 덩어리'는 lump of metal이다. 조동사 can을 도치하여 Can that lump of metal be born as a computer라고 하는 것은 시에서만 허용된다. 일반적인 상황에서는 That lump of metal can be born as a computer라고 해야 한다.

Carrying out accumulated updates /
Repeatedly turning on and off by itself /
It is reborn as a proper computer /
Without exception it reboots whenever an important update is required

'제대로 된 컴퓨터'는 a proper computer라고 옮겼으며 '재부팅을 하다'라는 뜻의 동사는 reboot이다.

Being reminded of a new-born baby who acquires the essence of tens of thousands of years of human evolution within several years /
I marvelously watch the whole process

동사 remind는 '떠오르게 하다'란 뜻이므로 수동태 be reminded of는 '떠오르다'가 된다.

I guess that is the reason why my son occasionally flipped out

한국어 원문 '회까닥'은 구어체 슬랭이면서도 다소 유머러스한 표현이다. 여기에 가장 걸맞은 영어 어휘는 flipped out이다. went crazy / went out of his mind 역시 좋다.

찰나와 겁劫

A MOMENT AND ETERNITY

A moment and eternity

불교 용어 '찰나(刹那)'와 '겁(劫)'은 Ksana / Kalpa라고 하는 단어가 있으나, 이를 알고 있는 영어권 독자는 없다고 봐도 무방하다. 대신 a moment / eternity를 쓰는 것이 무난하다. '찰나'는 부정관사 a moment이며, 정관사 the moment는 '(바로) 이 순간'을 뜻한다. 한편 '겁'은 무한정사 eternity이며, 부정관사 an eternity는 '(영겁의 시간처럼) 오랜 시간'이란 뜻이다.

The Milky Way is 130 years old, I assume it observed /
Hydrogen forming into the sun 50 years ago; /
The earth coming to be 45 years ago; /
Life coming into existence 38 years ago; /
Dinosaurs appearing 2 years ago and suddenly disappearing 6 months ago; /
Australopithecus emerging 10 days ago; /
Homo Sapiens giving way to life yesterday

'은하수'는 the Milky Way이며 '오스트랄로피테쿠스'는 Australopithecus[ɔ:strələupíθikəs]이다. '탄생하다', '생겨나다', '태어나다'는 emerge / come to be / come into existence / appear로 표현 가능하다.

I am not sure if the Galaxy saw myself being born /
Because it was just a tiny moment ago

a moment ago도 '바로 전에'란 뜻이지만 a tiny moment ago는 '찰나 전에'란 뜻으로 바로 직전임을 강조한다.

I will be gone /
Homo Sapiens will be gone /

The earth will be gone /
The sun will be gone /
After a long period of time /
The Galaxy will be gone /
After a good while again /
Even the universe will be gone

a good while에서 good은 '좋은'이 아니라 '오랜'을 뜻한다. good은 기간, 시간, 수량과 함께 쓸 때는 '상당한, 꽤 많은', '족히 ~은 되는'이란 뜻을 갖는다. after a good while = after a long period of time이다.

And / Again / It will be repeated for eternity /
Why in the world did I come into this world; /
What in the world am I pondering life for?

why와 what ~ for는 둘 다 같은 뜻인데 변화를 주기 위해 다른 형태로 옮겼다. 한편 ponder는 '숙고하다, 곰곰이 생각하다'라는 뜻이다.

카르페 디엠

CARPE DIEM

Carpe diem

한국어에 사자성어가 있듯 영어에도 라틴어가 그대로 사용되는 경우가 적지 않다. carpe diem(오늘을 붙잡아라), memento mori(죽음을 기억하라), quid pro quo(대가성), status quo(현재상태), ex officio(직권에 의한), ad hoc(임시의), bona fide(진실한), vice versa(반대로, 역으로) 등 주로 법률 용어에 많다. 참고로 carpe diem은 [kɑ́:rpi dí:em]이라고 읽는다.

Around 70,000 years ago /
Homo sapiens invented the word 'tomorrow'

Homo sapiens[hóumou séipiənz]는 '현존 인류'이다. 약 20만 년 전에 출현하여 7만 년 전에 인지혁명을 겪으면서 언어능력이 비약적으로 발달하게 된 인류를 말한다.

I was told that is a very important milestone in human history /
I rather thought it was the starting point of human misery

앞 행에서 종속절 현재시제 is를 쓴 이유는 현재 기준에도 7만 년 전의 인지혁명이 인류 역사의 중요한 분기점이라는 점이 그대로 유효하기 때문이다. 한편 두 번째 행에서 과거시제 was를 쓴 이유는 과거에 내가 생각했던 것을 나타내기 위해서이다. 〈과거시제 thought + 종속절〉 구성에서 종속절에는 항상 시제가 일치해야 한다. 한편 '불행'은 시의 맥락상 unhappiness보다는 misery가 더 좋은데, history와 운이 맞아 리듬감도 더 좋다.

인생
LIFE

Life

그냥 Life도 좋고 소유격 My life도 좋다. 하지만 정관사 The life는 '최고로 호화로운 삶(The best life)' 또는 '인생이란 모름지기 이 정도는 살아 줘야지(This is how life should be)' 정도의 뜻이 되므로 이 시의 맥락에는 맞지 않다.

Under my masks

'가면 속에서'를 Inside my masks라고 하면 안 된다. 전치사 in / inside는 상자나 집 같은 3차원 공간을 전제로 '그 공간 안에서'라는 뜻을 갖기 때문이다. '가면 속에서'는 '가면 밑에서', '가면 아래서'란 뜻이므로 Under my masks라고 표현했다. 한편 우리는 인생에서 여러 가지 가면(즉, '페르소나')을 가지고 살아가고 있으므로 복수형 masks를 썼다.

So much I cried

so much 외에 a lot / often도 좋다. 참고로 so much 또는 a lot은 우는 횟수가 많았다는 뜻도 되고 눈물의 양이 많았다는 뜻도 될 수 있다. 반면 often은 횟수가 많았다는 뜻만 들어 있다. 여기서는 두 의미를 동시에 전달하고자 하는 것이니까 so much 또는 a lot이 좋다.

5G?
오지?
Orgy?
5G? OH G?

5G? Oh G?

영어권 독자라면 Oh G를 통해 orgy를 눈치채기 때문에 영어 제목에는 따로 언급하지 않았다.

I was told Korea's cell phone industry started a full scale 5G era

'우리나라 핸드폰'은 '우리나라 핸드폰 산업', '우리나라 핸드폰 기술'을 뜻하므로 Korea's cell phone이 아니라 Korea's cell phone industry[technology]로 옮길 수 있다. '본격적으로 열렸다'는 형용사 full scale을 활용했는데 〈we have started + the full scale 5G〉 또는 〈the full scale 5G technology + was introduced〉라고 해도 좋다.

I giggled a lot by myself

'웃다'는 보통 laugh라고 하지만 소리 내지 않고 미소만 짓는 경우, 방긋 웃는 경우는 smile이다. '히죽 웃다'는 grin, '비열하게 웃다'는 snicker, '박장대소하다', '웃음이 빵 터지다'는 crack up이다. 여기에서처럼 '낄낄대며 웃다'는 giggle(To laugh gently or in a high-pitched voice; to laugh in a silly or giddy way)이며 chuckle(To laugh quietly or inwardly)도 비슷한 뜻을 갖는다. 한편 앞 행이 과거시제이므로 과거시제 giggled를 썼다.

For 3G, we said not "sam G", but "three G" /
For 4G, we said not "sa G", but "four G" /
But all of a sudden /
For 5G, we say "oh G", not "five G"

'5G'를 'oh G'로 발음하면 orgy가 연상된다. orgy는 '(난잡한) 섹스 파티'를 뜻한다.

'Oh G' an orgy / An orgy a sex party /
A sex party Sense8 Christmas special /
Sense8 Christmas special Bae Doo-na /
Bae Doo-na The Wachowski Brothers /
The Wachowski Brothers The Wachowskis /
The Wachowskis Cloud Atlas / Cloud Atlas insanity /
Insanity Jean-Michel Basquiat /
Jean-Michel Basquiat scribbles /
Scribbles tourist spots / Tourist spots photos /
Photos cell phones / Cell phones 'oh G'

Sense8은 배두나가 출연한 미드 제목이다. Sense8 Christmas special에 그룹섹스 장면이 나온다. Jean-Michel Basquiat는 길거리 낙서(scribbles)를 미술로 발전시킨 화가이다. 매트릭스 시리즈로 유명한 워쇼스키는 성전환 수술에 따라 형제 ⇒ 남매 ⇒ 자매가 되었는데, 영어로는 The Wachowskis로 불린다. Cloud Atlas는 이들이 제작한 영화이다.

I am so embarrassed that I cannot say "Oh G" /
I hope 6G will come as soon as possible

〈so A that절 B〉는 '아주 A해서 B이다'라는 뜻이다. '낯뜨거워'는 ashamed / embarrassed로 옮길 수 있다.

동대구로 히말라야시다

HIMALAYAN CEDAR ON DONGDAEGURO STREET

Himalayan Cedar on Dongdaeguro Street

cedar[síːdər]는 '서양 삼나무'를 뜻한다. 나무 품종은 주로 가산명사로 쓰지만, 품종 자체를 뜻하거나 목재를 뜻하는 경우에는 불가산명사로 사용한다. '동대구로 히말라야시다'는 '동대구로에 있는 히말라야시다 나무들'을 생각하여 복수형 Himalayan Cedars도 좋지만, 여기서는 '나무 품종 히말라야시다'로 생각하여 무부정관사 단수형 Himalayan Cedar를 썼다. 한편 나무가 도로 위에 서 있는 것은 아니지만 전치사 on을 사용해 표현한다.

Himalayan Cedar does not change its leaves /
That is why it is also called 'gae-ipgal namu' /
Which sounds really ugly

맥락상 '개잎갈나무'를 번역하지 않고 그대로 음차하여 gae-ipgal namu라고 알파벳으로 적었다. '야리꾸리한'은 ugly로 전환했다.

Don't people know the classy Cedars of Lebanon are one of its cousins?

'사촌이라는 것을 사람들은 알까'를 부정의문문으로 전환하면 의미를 가장 잘 나타낼 수 있다. '고급진'은 classy이며 '백향목'은 Cedars of Lebanon이다.

Himalayan Cedar lived in groups depending on
each other back at home; however /
They are planted alone in Korea and
people unfairly criticize that their roots are weak

'드문드문 홀로'는 alone / sparsely / one by one / here and there / individually로 표현할 수 있다. '되레'는 부사 unfairly(부당하게)로 옮겼는데, 역접을 나타내는 접속사 yet을 써서 yet people criticize that their roots are weak이라고 해도 된다.

They even tumbled over several times surrendering to typhoons and storms /
Himalayan Cedar may argue they are under unfair treatment, but /
They never complained, and rose to their roots every time it happened

'넘어지다'는 tumble over / fall over 둘 다 좋으며 '다시 일어서다'는 rise to their roots / stand up 둘 다 좋다. rise to their roots는 따로 있는 표현은 아니고 rise to their feet에서 아이디어를 얻어 이를 약간 변형한 것이다.

Accused of all sorts of violations –
being in the way of passing and hiding signs /
How harshly they were hacked

'혹독하게 가지를 후려 내치는지'는 동사 hack을 활용해 표현했다. hack은 '(마구 거칠게) 자르다[베다], 난도질하다'라는 뜻이다. hacked 대신 cut off를 써도 좋다.

There were a lot of pain and waves of sorrow, but /
Himalayan Cedars endured them, concentrating on their jobs

'아프고'는 a lot of pain, '서러웠던 일도 많았지만'은 waves of sorrow로 옮겼다. sorrow는 '슬픔, 비애, 비통, 비탄(grief)'이란 뜻으로 불가산명사이다.

Giving people some shade and a brief break to avoid harsh sun /
Letting them restore energy to rise to their feet and return to their life

'그늘'을 뜻하는 shade는 불가산명사로, 오로지 단수형으로만 사용된다. 한편 break는 가산명사이며 '잠시 쉼'을 a brief break라고 옮겼다.

Himalayan Cedars are now being replaced by
Chinese fringetrees, cherry trees, and gingko trees /
Being said they are weak at the age of fifty; /
Street trees are supposed to have beautiful flowers and leaves; /
They do not fit the present trend

'이팝나무'는 Chinese fringetrees, '벚나무'는 cherry trees, '은행나무'는 gingko trees이다. '요즘 트렌드에 맞지 않다고'는 타동사 fit을 써서 〈fit + the present trend〉라고 옮겼다.

The day when the shadow of Himalayan Cedars stretched to the distance with their shoulders drooped – suddenly I missed my dad

'실루엣'을 한국어에서는 '그림자'라는 뜻으로 사용하는데, 사실 silhouette은 '윤곽 안이 단색으로 채워진 이미지'를 뜻한다. 따라서 이 맥락에는 shadow를 썼다. '어깨가 축 처지다'는 〈their shoulders + drooped[slouched]〉라고 옮길 수 있다.

본능
THE INSTINCT

The instinct

'본능'은 instinct이다. '직감(intuition)', '천성적 소질'을 뜻하기도 한다.

The times demand short answers for their questions,
instant replies for their queries, /
I argue the world is not that simple

'단문단답'을 short answers for short questions, '즉문즉답'을 instant answers for instant questions라고 직역해 봐야 한국어의 부정적인 어감을 제대로 전달하기 어렵다. 오히려 듣는 사람이 더 헷갈리므로 short / instant는 한 번씩만 사용했다. 한편 '세태'는 정관사 복수형 the times이다. answers = replies, questions = queries지만 중복을 피하기 위해 변화를 주었다.

People on the news automatically become guilty regardless of the reasons, /
I argue the truth can be the opposite

'뉴스에 오르는 사람들'을 〈People + on the news〉로 전환했다. '죽일 놈, 죽어야 할 놈'은 영어로 직역할 방법이 마땅치 않은데, 무죄일 수도 있는데 뉴스에 올랐다는 이유만으로 '유죄'라고 단정해 버린다는 뜻이니까 automatically become guilty로 옮겼다. 한편 '정반대'는 정관사 the opposite이다.

They tell me I have to keep running only looking ahead of me and /
arrive at the destination on time, /
I stand up saying I need to gaze at Dahurian clustered bellflowers and /
the capillaries of giant dogwood leaves beaming through the sun

'자주꽃방망이'는 Dahurian clustered bellflowers, '층층나무'는 giant dogwood trees이다. 한편 capillary[kǽpəlèri]는 '모세관', '모세혈관(capillary vessel)'이란 뜻이니까 '실핏줄'에 잘 맞는다.

Single-celled organisms appeared 3.8 billion years ago, and /
They evolved into multi-cellular organisms 1.8 billion years ago /
Humans' earliest ancestors did not appear until 7 million years ago

'단세포 생물'은 single-celled organism 또는 unicellular organism이며, '다세포 생물'은 multi-cellular organism이다. 한편 '사람 비슷한 것'은 '인류의 최초 조상'을 뜻하므로 humans' earliest ancestors로 표현했다.

The instinct that leads us to the life of unicellular organisms is
so deeply rooted that /
it is really difficult for us to live as humans

〈so + A(형용사) + that + B(절)〉 형식이며 '너무 A한 결과, B이다'라는 뜻이다. '깊숙이 박혀 있다'는 deeply rooted이다.

⁜

안동에 사는 혜嘒

HYE, THE TWINKLING STAR, LIVING IN ANDONG

Hye, the twinkling star, living in Andong

嘒는 '별 반짝일 혜'이므로 영어로 twinkling star라고 옮겼다. 부정관사 a twinkling star 또는 정관사 the twinkling star 둘 다 좋으나 약간의 의미 차이가 있다. a twinkling star는 여러 twinkling stars 중에 하나를 뜻하는 반면, the twinkling star는 화자의 머릿속에 들어 있는 딱 한 개의 바로 그 twinkling star를 가리킨다. 이 시의 맥락에서는 정관사를 쓰는 게 더 좋다.

I, who have a crush on Hye, run to wherever she is

I, who have a crush on Hye,는 시적인 표현이며 오로지 시에서만 허락된다. 일반적인 상황에서는 I have a crush on Hye and I run to wherever she is라고 해야 한다. '혜가 있다는 곳이면 어디든'은 wherever she is 또는 no matter where she is라고 표현할 수 있다.

I was told she lives in Andong

'혜가 안동에 산다고 누군가가 전했다'는 Someone told me she lives in Andong이라고 해도 되지만 문장 흐름상 I was told ~ 형식이 더 좋아 이렇게 옮겼다.

After I ordered a cream cheese bun and a cup of coffee at Mammoth Bakery /
I took a rapid glance nearby / Hoping she might be around me

'크림치즈빵'은 cream cheese bread가 아니라 a cream cheese bun이다. 불가산명사 bread는 '빵'의 통칭 또는 '(토스트용) 식빵(Wonder bread)'을 뜻한다. '단팥빵', '소보로빵' 처럼 작고 둥글게 생긴 빵은 가산명사 bun을 쓴다. 한편, '혜가 혹시 있을까 싶어 주변을 급히 훑어본다'에서 '혜가 혹시 있을까 싶어'와 '주변을 급히 훑어본다'는 동시에 발생한 사건이므로 분사구문으로 표현했다. '혜가 혹시 있을까 싶어'는 '혜가 혹시 있기를 바라면서'이므로 〈hoping + that절〉, 〈thinking + that절〉 둘 다 좋다. take a glance는 '얼핏 보다', '잠깐 보다', '힐끔 보다'란 뜻이며 '급히 훑어보다'는 take a rapid glance로 옮겼다.

Riverside Park was filled /
With yellow goldenwave and white daisy fleabanes in full blossom /
She was not there, either

이야기의 흐름상 '강변공원에 노란 금계국과 흰 개망초가 피어 있었다. 거기에도 혜는 없었다'가 되므로 She was not in Riverside Park, as well, where yellow goldenwave and white daisy fleabanes are in full blossom도 좋지만, 위처럼 표현하는 것이 시적이라 더 좋다. 참고로 '금계국'은 6월경 길가에 노랗게 피는 국화과의 꽃인데 goldenwave라고 하며 '개망초'는 daisy fleabanes이다.

Having Andong style bibimbap at a restaurant near Wolryeonggyo Bridge /
Holding a take-out cup from Hands Coffee /
Walking on the creaking wooden bridge /
Across the surface of light flickering water /
I am stepping on to Wolyeongjeong Pavilion

'먹고', '뽑아 든다', '건너', '가로 지르며'는 거의 동시에 일어나는 동작/활동을 나타내므로, 이를 분사구문(Having / Holding / Walking)과 전치사구(Across the surface)로 표현했다. 다른 문장에 과거시제를 쓴 것과 달리 마지막 행에 현재진행시제 I am stepping on을 사용했는데, 맥락상 지금 이 순간 일어나고 있는 동작이기 때문이다. 한편 '헛제사밥'은 비빔밥의 일종인데 비빔밥은 세계적으로 널리 알려져 있으므로 Andong style bibimbap으로 옮겼다. '테이크 아웃으로 뽑아 든다'는 Holding a take-out cup of coffee인데 뒤에 Hands Coffee와 중복되므로 of coffee는 생략했다. '삐거덕거리는 나무 다리를 건너'는 '삐거덕거리는 나무 다리 위에서 걸어'라는 뜻이므로 〈Walking + 전치사 on + the creaking wooden bridge〉로 옮겼다. '(의자, 문이) 삐걱거리다'는 동사 creak이다. '넘실대는 불빛'은 불빛이 반사되어 반짝거리는 호수의 표면을 가리키므로 the surface of light flickering water로 옮겼다. 동사 flicker는 '(빛이) 깜박이다, 명멸하다, (등불 따위가) 흔들리다'라는 뜻이다. 마지막 행의 '월영정'은 벽이 없이 사방이 트여 있는 정자를 가리키므로 pavilion이라고 옮겼으며, '향한다'는 '(발걸음을) 내딛다'를 뜻하는 step으로 옮겼다.

Cherry blossoms in full bloom; People in disarray; The night in tears

한국어 원문은 '흐드러진 벚꽃, 흐트러진 사람들, 흐느끼는 밤'처럼 '흐'를 반복하였고, 영문에서는 전치사 in으로 운율을 의도했다. in full bloom은 '만개하여', in disarray는 '혼란해져, 어지럽게 뒤섞여, 흐트러져', in tears는 '눈물을 흘리고 있는'이란 뜻이다.

In an instant /
Among the cherry blossoms that have no fragrance in them /
I can smell a waft of refreshing Aerin Iris Meadow /
I have a very keen nose and /
I know she is using this unique perfume /
Now it is very certain that she lives in Andong

여기서 '순간'은 '갑자기'를 뜻하므로 all of a sudden / suddenly / in an instant 모두 좋다. 한편 '잔향'은 a waft로 표현했는데, waft는 '(떠도는) 향기, 냄새; (바람결에 들려오는) 소리'라는 뜻이다. '후각이 예민하다'는 I have a sensitive[keen] nose이다. '이 레어 아이템'은 this rare item도 괜찮지만 this unique perfume이 더욱 좋으며, '이제 분명하게 된 것이다'는 It becomes very certain이라고 해도 되지만 Now it is very certain이 더 좋은 표현이라 이렇게 옮겼다.

It is just a matter of time before I see her /
How soon I can find her really depends on /
How often I come to Andong

'혜를 찾는 것은 이제 시간 문제이다'를 〈It is just a matter of time + to find her(to부정사)〉라고 하지 않는다. to부정사를 쓰는 대신 before I see her라고 해야 한다.

In summer I will come /
In autumn I will come /
In winter I will come

원문에는 '여름에도 / 가을에도 / 겨울에도'처럼 '도'가 있는데 맥락상 이것을 영어로 옮기면 이상하므로 뺐다.

The more I become aware of Andong /
The more likely it is to run into her

'안동을 더욱 잘 알아 갈수록, 혜를 만날 가능성도 그만큼 커질 것이다'를 〈the 비교급, the 비교급〉으로 표현했다. The more likely it is to run into her는 〈가주어 it is, 진주어 to run into her〉 형식이다. 즉 〈가주어 it is + more likely + 진주어 to run into her〉 형식에서 more likely가 문장 앞으로 이동한 것이다.

The day I meet with her /
I will quietly whisper on the single log bridge in Manhyujeong Pavilion /
'Let's start, amor, together'

'(사랑을) 합시다'는 Let's do라고 옮기면 안 되고 Let's start라고 옮겨야 맞다. '나랑'도 Let's에 이미 그 뜻이 들어가 있으니 with me라고 하지 않고 together라고 해야 자연스럽다. 한편 '합시다, 러브, 나랑'은 드라마 '미스터 션샤인'에서 유진 초이(이병헌 분)가 고애신(김태리 분)에게 하는 사랑 고백 대사인데, 이 드라마에서 고애신은 아직 영어 단어 '러브'의 뜻을 모르는 상황이다. 이 점을 상기시킬 목적으로 영어 단어 love를 쓰지 않고 불어 amor로 옮겼다.

‡

연금술사

AN ALCHEMIST

An alchemist

'연금술사'는 alchemist[ǽlkəmist]이다. '연금술'은 alchemy[ǽlkəmi]라고 하는데, 근대 화학(chemistry) 발전에 큰 영향을 미쳤다.

You can do it. /
If you cannot, do it until you can. /
You could not succeed because you did not try your best. /
The whole universe will help you.

타동사 do는 반드시 목적어가 필요하다. 따라서 '너는 할 수 있다'를 You can do.라고 하면 틀리므로 You can do it.으로 옮겼다.

But what if he is an alchemist who tries to turn lead to gold? /
Even though you are aware gold can be created only
when a neutron star collides with another? /
Even though you know there is no possibility to create gold on the earth
even if the whole universe helps him?

'납'은 lead[led]이다. 마지막 행은 even if the whole universe helps him 대신 despite the whole universe helping him도 좋다. even if는 접속사이므로 절이 따르고 despite는 전치사이므로 구가 따른다. 한편 even if는 지금 현재 사실이 아니거나 사실인지 아닌지 모르는 상황에 사용한다.

I cannot stand a feast of irresponsible prattle.

'무책임한 말'은 irresponsible words 또는 irresponsible chatter라고 해도 되지만 부정적인 느낌을 강하게 주기 위해 prattle을 사용했다. prattle은 명사로 '쓸데없는 말'을 뜻하며 동사로 '지껄이다', '(헛소리를) 떠들다'처럼 상당히 부정적인 뜻을 갖는다.

수평선
THE HORIZON

The horizon

영어에서는 수평선과 지평선을 따로 구분하지 않고 horizon이라고 한다. 굳이 '수평선'을 명시해야 하는 경우 The horizon over the sea라고 할 수는 있으나 어색한 표현이다.

I have always longed to see the invisible /
So I have desired to see things beyond the horizon /
Being determined I have once set out for the horizon /
But it moves back quickly /
It never allows me to come closer

'~을 향해 떠나다/출발하다'는 leave for / set out for가 좋으며 '작정하고'는 being determined / resolutely / with a firm resolve라고 옮길 수 있다. '(뒤로) 물러나다'는 move back / retreat이다.

The things that I once recognized but slipped out of my consciousness; /
The things that I once thought about but were forgotten out of my memory; /
The things that I once perceived through my senses but
did not pay attention to; /
The things that I never knew I had remembered and forgotten

대체로 '인식하다'는 recognize, '인지하다'는 perceive이다. '내 의식에서 사라져 버렸다'는 〈slipped + out of + my consciousness〉이다. 한편 과거보다 먼저 발생한 사건은 과거완료시제(had + 과거분사)로 표현한다. 마지막 행에서도 I never knew보다 I had remembered and forgotten이 더 먼저 발생한 사건이기 때문에 전자는 과거시제, 후자는 과거완료시제로 표현했다.

I try really hard to recollect pieces of my memories /
Which passed through my head, but /
They have already fallen into the abyss and I cannot think of them again

'(과거의 일에 대해 생각나는) 기억/추억/회상'을 뜻하는 memory는 가산명사이므로 맥락상 복수형 memories로 썼다. 한편 '심연'은 abyss[əbís]이며 '절망의 심연', '절망의 구렁텅이'를 an abyss of despair라고 한다.

I can sense a magnificent black continent standing over there /
I can sense it exerts a strong influence on my life

exert[igzə́:rt]는 '(권한/영향력을) 행사하다', '(지도력을) 발휘하다'라는 뜻이다.

신라
여인

A WOMAN FROM THE SHILLA DYNASTY

A woman from the Shilla Dynasty

'신라 여인'은 A Shilla woman이라고 하지 않는다. A woman from Shilla(무정관사) 또는 A woman from the Shilla Dynasty(정관사)라고 한다.

A few years ago I met her at Gyeongju National Museum by chance

'우연히'는 by accident 또는 by chance이다. 그런데 by accident는 부정적인 뉘앙스가 강해 by mistake라는 뜻으로 이해되기 때문에 이 시의 맥락에 맞는 by chance를 썼다.

"You seem happy about something." /
"Indeed I am. Something really exciting happened. /
My team trailed at first and won the weaving contest this year /
After being defeated three years in a row. /
I am bringing a bottle for celebration."

'길쌈 대회'는 weaving contest이다. trail은 명사로는 '등산로', '산책로'를 뜻하고, 동사로는 '(경기에서) 지고 있다'라는 뜻이다. '역전승했다'는 My team came from behind and won the weaving contest라고 해도 좋으며 '3년 내리 지다'는 being defeated three years in a row로 옮겼다.

I wanted to keep talking to her because her smiling eyes looked like /
my girlfriend from a long time ago

일반적으로 '가지고 가다'는 take, '가지고 오다'는 bring이지만 양자가 혼용되는 경우도 적지 않다. '술 한 병 들고 가는 거야'의 경우에도 둘 다 가능한데, 자신의 목적지로 가고 있는 맥락에서 자기 자신이 언급하기 때문에 bring이 좀 더 자연스럽다. 한편 '옛날 그녀'는 '(지금은 헤어진) 전 여자친구'를 뜻하므로 ex-girlfriend로 표현할 수도 있겠지만 대체로 부정적인 느낌이 있으므로 그냥 girlfriend라고 표현했다.

Thereafter I wanted to see her whenever I went to the museum, but /
I was not able to meet with her – not a single time /
I only got word that she is okay whenever I asked the staff at the museum /
I do not have any prediction when I can meet with her

'통지를 받다', '기별을 듣다'는 〈get + 무관사 word〉이다. word는 보통 무관사로 '기별, 소식(news, report)'이란 뜻이다. '직원'은 a staff member라고 하면 좀 어색하므로 정관사 the staff를 썼다.

Today I did the same /
They curiously told me someone else asked them the same question yesterday
'오늘도 박물관 직원한테 이 여인의 근황을 물었더니'를 다시 반복하면 영어로는 상당히 어색하다. 따라서 Today I did the same으로 옮겼다.

I think it will not be long before I see her again
'이 여인을 재회할 날이 멀지 않은 것 같다'는 '오래 걸리지 않아 이 여인을 재회할 것 같다'는 말이므로 〈it will not be long + 접속사 before절〉 형식으로 표현했다. 또는 동사 take을 써서 it will not take long before I meet with her again 역시 좋다.

‡

승부역 – 분천역
봄 트레킹

SPRING TREKKING FROM SEUNGBU TO BUNCHEON STATION

Spring trekking from Seungbu to Buncheon Station
평지를 도보로 여행하는 것은 trekking이다. hiking도 가능하지만 이는 정상을 향해 올라가는 산행에 더 적합한 단어이다.

Not passing a single person
맥락상 '단 한 사람도 추월하지 않기'를 to부정사를 써서 Not to pass a single person이라고 할 수 없다. to부정사는 아직 발생하지 않았으며 미래에 일어날 일을 뜻하고, V-ing(분사 또는 동명사)는 지금 일어나고 있거나 이미 과거에 발생한 일을 가리킨다. 맥락상 이미 발생한 사건을 나타내므로 V-ing 형식을 사용했다. '(트레킹에서) 추월하다'는 동사 pass를 쓴다. 참고로 경기(대회)에서 '추월하다'는 overtake / catch up with이다.

Being passed by anyone who wants to go ahead
anyone who wants to go ahead 대신 as many people as possible 역시 좋다. '추월하다'는 passing, '추월당하다'는 being passed이다.

Bending my ears to what spring says
'봄 얘기 많이 들어 주기'는 Listening to what spring says as much as possible / Listening attentively to what spring says라고 해도 좋으나 Bending my ears to what spring says가 더 시적인 표현이라 흐름에 잘 들어맞는다.

I couldn't keep walking without stopping
'그날 난 수없이 멈추었다'는 I stopped that day so often / I kept stopping that day라고 해도 좋으나 부정문으로 표현하는 것이 훨씬 더 좋아서 위처럼 옮겼다. 아예 발상을 바꿔 Nature compelled me to stop so often / I was compelled to stop so often이라고 해도 좋다. that day는 흐름상 분명하므로 생략하는 것이 더 깔끔하고 자연스럽다.

바위의 눈물

THE TEAR OF A ROCK

The tear of a rock

'바위의 눈물'을 〈□□□ tear + of + △△△ rock〉 형식으로 표현할 때 앞에 붙은 관사의 따라 의미가 달라진다. 전치사 of구의 수식을 받는 경우 '눈물'은 막연한 눈물에서 특정한 눈물이 되기 때문에 반드시 정관사 the가 와야 한다. 단수형을 쓸지 복수형을 쓸지는 화자의 심상에 따라 달라진다. 즉, 낙석 한 개를 생각하는 경우 단수형 the tear가 좋고 낙석 여러 개를 생각하는 경우 복수형 the tears가 좋다. '바위' 역시 화자의 심상에 따라 임의의 '바위'(a rock)를 뜻할 수도 있고, 구체적이고 특정한 '바위'(the rock)를 뜻할 수도 있다. 이 시에서는 임의의 바위에서 떨어져 나온 한 개의 낙석이 시적 맥락에 잘 어울리므로 제목을 The tear of a rock이라고 옮겼다.

Rocks cry once in a while /
Groaning

여기서 '바위'는 '일반적인 의미의 바위'를 뜻한다. 이런 맥락에는 무한정사 복수형 Rocks가 잘 맞는다. '끙하고'는 Groaning으로 옮겼다.

When their internal wound is too deep /
And they cannot endure it /
They cry groaning

이 시의 맥락에서 '견디다/참다'는 endure를 활용하는 것이 가장 좋다. take / stand도 가능하다.

‡

TODAY I AM TWITTERING ALONE

Today I am twittering alone

twitter는 '(새가) 지저귀다'라는 뜻이다. 여기에 착안하여 짧은 글을 주고 받는 소셜 미디어 '트위터'가 시작되었다.

You liked Twittering Machine by Paul Klee the most. Once you fell for graffiti style paintings by Cy Twombly or all colorful bizarre ones by Joan Miro but you returned to Paul Klee's paintings.

누가 들어도 알 만한 유명한 미술 작품에는 정관사 the를 붙인다. 예를 들어 '모나리자'는 the Mona Lisa이다. 그러나 Twittering Machine은 아는 사람만 아는 작품이므로 무정관사 Twittering Machine이라고 썼다. '파울 클레의 〈지저귀는 기계〉'는 Twittering Machine by Paul Klee 또는 Paul Klee's Twittering Machine이라고 쓴다. 한편 '낙서'는 graffiti 또는 scribble이다. graffiti는 '(공공장소에 하는) 낙서'를 뜻하며, scribble은 '(잘 알아보기 어렵게) 휘갈겨 쓴 글씨', '난필'을 뜻한다. '얄궂은'은 bizarre로 옮겼는데 그밖에도 silly / ridiculous / odd / strange / weird / outrageous 모두 좋다.

The memory of your glee is vivid when I surprised you on your birthday with a replica in a trendy frame.

'이 그림'은 당연히 복제품을 말하는데 이것을 this painting으로 옮기면 진품을 뜻하기 때문에 a replica of this painting처럼 복제품임을 명시했다. 간단히 a replica라고만 해도 된다. '간지나는'은 stylish / trendy 둘 다 좋다. '즐거워하던 모습이 아직도 생생해'는 I still have a vivid memory that you were really glad도 괜찮지만 The memory of your glee is vivid가 더 좋은 표현이다.

You were really upset about those snobbish critics commenting Twittering Machine is a warning about modern culture. You argued it is just total nonsense considering it was painted far before the creation of Twitter.

snobbish는 '속물적인, 고상한 체하는, 우월감에 젖어 있는'이란 뜻이니까 '돼먹지도 않은'에 잘 맞는다. '말도 안 되는 얘기를 한다고'는 동사 comment로 전환했다.

You used to be pissed off during our fierce debate whether its blue background is water or sky. We twittered in the morning; in the evening; at night. In retrospect, we ourselves were twittering machines.

be pissed off는 '토라지다', '화가 나다'라는 뜻이다. '우린 아침에도 지저귀고 저녁에도 지저귀고 한밤에도 지저귀었지'처럼 '지저귀다'를 영어 문장에서 반복하는 것은 매우 어색하므로 위처럼 간단히 옮겼다.

We promised to go to MOMA to see it. Unfortunately it is obvious that we cannot keep our promise, but I will go there by myself someday.

MOMA는 뉴욕에 있는 Museum of Modern Art를 뜻한다. 박물관, 미술관에는 정관사 the를 사용하므로 the Museum of Modern Art라고 하는데 MOMA로 약칭한 경우 정관사는 붙이지 않는다. 연인이 헤어졌거나 사망했거나 등 어떤 사유로 MOMA에 갈 수 없게 되었음을 형용사 obvious로 나타냈다.

THE NIGHT MY FEELINGS WERE CAUGHT

The night my feelings were caught

여기서 '마음'은 '(좋아하는) 감정'을 뜻하므로 mind가 아니라 feelings(복수형)를 썼다. mind는 '생각, 의견'에 가깝다. '들켰다'는 수동태 were caught로 옮겼다.

In a cold winter night /
The moment came all of a sudden /
It did not matter what we were talking about in the pub /
Just being together enchanted me

'호프집'은 콩글리시이므로 pub 또는 bar가 맞는데, bar는 시끄럽고 사람이 많은 클럽에 가까운 개념이므로 이 시의 맥락에는 pub이 어울린다. 아울러 '황홀하다', '몽롱하다' 등 감정을 나타내는 영어 동사는 〈원인(S) + 동사(V) + 사람(O)〉 / 〈사람 + 수동태 동사 + 전치사 + 원인〉 형식으로 쓰는 일이 많다. '그저 함께 있어 황홀했을 뿐이다'는 능동태 Just being together enchanted me처럼 표현했는데 수동태 I was just enchanted because we were together라고 해도 좋다. 이는 enchant의 뜻이 '황홀하다'가 아니라 '황홀하게 하다'이기 때문이다.

There is no use asking me how the beer tasted /
It is okay as long as she who loves beer liked it /
It is no use asking her, either /
Because what she really drank that night was not beer

긍정문에서 '~도 또한 (그렇다)'는 too, 부정문에서 '~도 또한 (아니다)'는 either이다. also / as well은 긍정문, 부정문에 모두 사용 가능하다. 즉 It is also no use asking her 또는 It is no use asking her, as well이라고 해도 된다.

The sound of clinking glasses /
resonated one heart and the other like a Buddhist temple bell

clink는 '땡그랑/쨍그랑 소리를 내다'란 뜻이므로 clink glasses는 '술잔을 부딪혀 쨍그랑 소리를 내다'란 뜻이 된다. resonate[rézənèit]은 '(목소리 · 악기 등이) 울려 퍼지다', '공명이 잘 되다'란 뜻이다.

My hidden feelings / My tightly hidden zeal /
I gladly let them be discovered /
My body was trembling; My consciousness was stupefied

'열정'은 zeal / passion / desires 모두 좋으며, 지금 맥락에서 '꽁꽁'은 tightly이다. 한편 '들키게 놔 두었다'에서 caught를 써도 물론 좋으나 제목에서 썼기 때문에 유사한 뜻을 갖는 discovered를 사용했다.

Our conversation is coming to an end /
We know this is our beginning and also our end

'대화는 막바지에 접어든다'를 마치 현장에 있는 것처럼 느낄 수 있도록 현재진행시제 is coming으로 표현했다. is coming to an end 대신 is reaching the end도 좋다.

On the way home /
Orion's three stars were patting my shoulder /
Inviting me to become stars together with them /
Burn yourself for billions of years /
But never approach her /
We are fated to turn away from the person we love

오리온자리(Orion[əráiən])는 대표적인 겨울 별자리인데, 맨눈으로 쉽게 볼 수 있는 밝은 별 3개(알니타크, 알닐람, 민타카)를 '오리온의 허리띠(Orion's Belt)'라고 부른다.

‡

고요
TRANQUILITY

Tranquility

'고요'는 silence / tranquility 모두 가능하지만 silence는 일상적으로 사용되는 단어라서 참신성이 떨어지므로 tranquility를 골랐다. tranquility는 '마음의 평정/평온'을 뜻하기도 하므로 이 시적 맥락에 잘 어울린다.

My eyes are trained to the right hand of Buddha of Seokguram Grotto

'시선이 향한다'는 〈My eyes + are trained to〉로 표현했다. 타동사 train은 '(사진기·무기·망원경 따위의) 방향을 잡다'라는 뜻이 있다. '석굴암'은 Seokguram Grotto인데 grotto는 '(작은) 굴, 동굴; (피서용 따위의 인공) 바위굴, 석굴'을 뜻한다.

Siddhartha went through klesha and attained the Enlightenment /
Became Sakyamuni Buddha

불교의 창시자는 '싯다르타 고타마'로, '고타마'가 성(姓)이다. 깨달음을 얻은 뒤에는 Sakyamuni Buddha 또는 Gautama Buddha로 불린다. 한편 '번뇌'는 klesha이며 '(부처님의) 깨달음'은 the Enlightenment이다.

Extreme sufferings /
The moment of awakening /
Quiet smile

'고통'은 복수형 sufferings / 단수형 suffering 둘 다 가능하지만, 복수형으로 표현하는 것이 더 일반적이다.

He started asceticism with meditation mudra /
Rose to the heavens with earth witness mudra

'(고행을 수반하는) 수행'은 asceticism[əsétəsìzm]이다. '선정인'은 meditation mudra, '항마촉지인'은 earth witness mudra이다.

You and I are interwoven by dependent origination

You and I are mutual and interdependent라고 해도 좋으나, 좀 더 불교식으로 표현하고자 위 문장처럼 옮겼다. 불교에서 말하는 '인과관계', '연기'는 영어로 dependent origination이며 interweave[intərwíːv]는 '(실·밧줄·가지·뿌리 따위)를 합쳐서 엮다, 섞어 짜다, 짜 넣다[뒤섞다]'라는 뜻이다. 과거분사 형태는 interwoven[intərwóuv(ə)n]이다.

All trouble comes from greed, anger, and ignorance /
Seeking the quiet truth and trying to attain Nirvana

'탐욕, 진노, 어리석음'은 불교의 삼독(三毒), 즉, 탐진치(貪瞋癡)를 말한다. 이는 영어로 greed, anger, and ignorance이다. 여기서 '어리석음'은 '지능이 떨어짐(stupidity)'이 아니라 '무지(ignorance)'이다. Nirvana는 [niərvάːnə]로 발음한다. 한편 분사구문 Seeking / trying의 뜻이 다소 모호한데, 분사구문을 사용해야 할 의미상 필요가 크지는 않으나 명령문 Seek the quiet truth와 평서문 I seek the quiet truth는 어색해서 분사구문을 사용했다. 분사 Seeking에는 지속적으로 달성을 위해 노력한다(continually trying to achieve)는 뜻도 들어 있기 때문에 괜찮은 대안이다.

Buddha of Seokguram Grotto holds me in his arm with his mercy /
Although I have not fully practiced his wisdom

'부처님 말씀 다 실천하지는 못해도'에서 '못해도'는 even though / although 둘 다 좋다. '부처님 말씀'은 his words / his teachings도 가능하지만 his wisdom이 의미상 가장 좋다.

모래성

THE SANDCASTLE

The sandcastle

부정관사 A sandcastle은 지나치게 막연하기 때문에, 정관사 The sandcastle이라고 제목을 옮겼다.

When I was a child /
On a dark evening /
At my mom's calling /
I stood up dusting the sand off /
Dashing away from the sandcastle I had built

'모래를 털다'는 dust the sand off이다. 엄마가 부르자마자 급하게 떠나가는 것은 running away 또는 dashing away라고 할 수 있는데, 후자가 허둥지둥 떠나는 뜻이 강조되므로 그렇게 옮겼다.

You are gone /
Without saying goodbye /
Just like that

You are gone과 You have gone은 의미상 차이가 있다. 전자의 gone은 형용사로서 '지나간, 과거의, 죽은'이란 뜻이다. 후자의 gone은 동사 go의 과거분사로, You have gone은 현재완료시제이다. 전자는 '너와 난 헤어졌다', '넌 죽었다' 정도의 뜻이며, 후자는 '네가 가 버려서 (여기 없다)'라는 뜻이다. 따라서 여기에서는 친구가 죽었거나 멀리 가 버려서 도저히 다시 만날 수 없음을 나타내는 것이니 You are gone을 썼다. 한편 '홀연히'는 '작별인사도 없이'를 뜻하므로 Without saying goodbye로 옮겼다.

Hey! /
I am still here /
Not daring to leave the sandcastle /
That we built together

'난 여기에 우리가 쌓은 모래성을 차마 떠나지 못하고 있구나'를 〈I am still here + 분사구문 not daring to leave the sandcastle〉로 표현했다.

화장장

AT THE CREMATORY

At the crematory

'화장(火葬)'은 cremation, '화장장'은 crematory[kríːmətɔ́ːri]이다.

That day /
The branches of sycamore trees were skinny /
As if your being skinny is nothing extraordinary

'양버즘나무'라고도 불리는 '플라타너스'는 영어로 sycamore tree라고 한다. skinny는 '앙상한'이란 뜻으로 '마른(slender)'보다 훨씬 더 깡마른 것을 가리킨다. 한편 현재분사, 동명사의 의미상의 주어는 원칙적으로 소유격으로 나타내지만 구어체에서는 목적격을 훨씬 더 자주 쓴다. '너의 앙상함'을 소유격을 써서 your being skinny라고 옮겼는데 일상 대화에서는 목적격 you를 써서 you being skinny라고 하는 것이 더 자연스럽다.

Out of tens of selections /
You are wearing the most shining clothes /
Today is the best day of your life

selection은 '고른 것, 선택물, 발췌, 정선품'을 뜻한다. 복수 형태로 '복수의 선택물'을 나타낼 수 있다. 따라서 '수십 개의 (고른) 옷'을 〈tens of + selections(복수형)〉으로 표현했다.

I did not want to show that surge of heat /
I tried to block every opening in my face /
Being burst, exploded, and unraveled /
My face was smudged with tears

'솟구쳐 오르는 뜨거움'을 surge of heat으로 옮겼으며, '이리 터지고 저리 터지고'는 Being burst, exploded, and unraveled로 표현했다. burst는 '파열시키다, 찢다', explode는 '폭발시키다', unravel은 '(엉클어진 것, 매듭 등을) 풀다'라는 뜻이다. 주어가 다소 애매한데 My face / I myself / My feelings 등이 가능하다. 다만 시적인 맥락이므로 이런 모호성은 크게 신경 쓰지 않았다. 한편 smudge[smʌdʒ]는 명사로는 '(더러운) 자국, 얼룩', 동사로는 '(잉크, 페인트가 지저분하게) 번지게 하다'란 뜻이다.

Suppressing the force of my emotion /
I had to push you into the furnace

'밀려오는 뜨거움'을 the force of my emotion으로 옮겼다. '화로'는 furnace이다.

In the heat of the sealed space /
I desperately longed for my fire to be dried out

dry out은 '(원하지 않는데) 메말라지다, ~을 건조하게 하다'란 뜻이다.

My paradise

'낙원'은 paradise / heaven / Shangri-La 모두 가능하나, 어감이나 의미상으로 paradise가 가장 좋다. 참고로 영국의 시인 존 밀턴이 지은 서사시 '실낙원'은 Paradise lost이다.

My paradise is clothed in greenery all through the year /
Japanese fatsia, tiny ardisia, cycads, creeping fig and Norfolk island pines /
get along peacefully in a cluster

'신록(新綠)'은 초여름 새 잎을 말하는 것이지만 여기서는 '푸른 나무', '화초'를 뜻하는 것이므로 evergreens / greenery가 좋다. 타동사 clothe는 '~에게 옷을 입히다', '덮다'라는 뜻이므로 수동태 〈My paradise is clothed + in greenery〉는 '나의 낙원은 푸른 나무로 덮여 있다'라는 뜻이다.

My paradise is where all my worries are purified /
As long as I am with them, there is no place where fear remains

맥락상 '모든 근심'은 '모든 나의 근심'을 뜻하므로 소유격 all my worries로 옮겼다. 정관사 all the worries / 무관사 all worries도 가능은 하지만 이들은 '(나를 포함하는) 일반인, 다른 보통 사람들의' 근심을 뜻한다.

My paradise is where there is zero efficiency /
I build my own nonpractical world /
Reading books; listening to music; writing stories

'(비실용적인 세상을) 만들다'는 create / make도 좋으나 build가 맥락에 가장 잘 맞는다. 마지막 행에서는 writing 단독으로도 뜻을 표현하는 데 문제가 없으나, 뒤따라오는 어구가 없으면 운율이 잘 맞지 않아 뒤에 목적어 stories를 추가했다.

My paradise is where my soul breathes /
My wounds are healed by accepting my shadow /
I enjoy freedom, immersion and the fullness of life by letting go

'방하착(放下着)'은 불교 용어로 '마음 속에 있는 번뇌, 갈등, 집착, 원망 비우기'란 뜻이다. 이것을 영어로 letting go라고 옮겼다.

Every day I take care of my paradise affectionately

take care of my paradise affectionately 대신 〈devote + myself + to taking care of my paradise〉 역시 좋다.

우리가 함께 있다는 건

NOW THAT WE ARE TOGETHER

Now that we are together

제목 '우리가 함께 있다는 건'은 의미상 '우리가 함께 있기 때문에'를 뜻하므로 Now that we are together로 옮겼다.

We have finally arrived here after a long wait /
Even though I am holding your hands I cannot believe that we are together

'여기에 왔습니다'는 come here도 가능하지만 arrived here가 훨씬 더 좋다. come here는 '어느 물리적인 장소에', '(우연히) 여기에 왔다'는 점을 강조한다. 반면 arrived here는 '어떤 상황에', '도착했다/이르렀다'는 점을 강조한다.

I feel your warm lips /
You are in my arms /
My heart gets warm with your warm heart

'내 품에 안긴 당신의 뜨거운 가슴으로 내 가슴이 뜨거워진다'를 '당신은 내 품에 안겨 있다' + '내 가슴은 당신의 뜨거운 가슴으로 뜨거워진다'로 전환해 두 문장으로 나눠 옮겼다.

Now that we are together /
We do not have to wait impatiently to see each other /
We do not have to gulp down icy water to cool off the fireball

'냉수'는 cold water보다 생생한 표현인 icy water로 옮겼다. '들이켜다'는 gulp down, '식히다'는 cool off이다.

Now that we are together /
Though the evening may eat up the sky bit by bit and turn the sky dark /
Though the day dawns /
We do not have to be worried /
Tonight I lose track of time

한국어 원문의 '밤이 하늘을 갉아 먹어 깜깜해져도'에서 '밤'은 맥락상 '저녁'을 뜻하는데, 이것을 '저녁'이라고 하게 되면 시적인 느낌이 훨씬 덜하다. 다만 the night은 상당히 늦은 밤을 뜻하기 때문에 '밤'을 이렇게 옮기면 매우 어색하게 느껴진다. 따라서 '밤'은 the evening으로 옮겼다. 한편 '오늘 밤은 시계를 잊어버렸습니다'는 I lost my watch로 직역하면 어색하므로 I lose track of time으로 표현했다.

Now that we are together /
We can listen to each other's heartbeat putting our ears to each other's chest /
We can quietly hear what our hearts really want to say

'심장 뛰는 소리'는 '심장박동'을 뜻하므로 heartbeat이다. '가슴에 귀를 대고 + 서로의 심장 뛰는 소리를 들을 수 있다는 것이다'는 〈We can listen to each other's heartbeat + 분사구문 putting our ears to each other's chest〉로 옮겼다.

Now that we are together /
We can afford to stay up talking /
There is a person beside me to comfort me
even when my heart bursts out of my chest

'심장이 터지다'는 〈my heart + bursts out of my chest〉로 옮겼다. burst는 '(특히 내부의 압력 때문에) 터지다[파열하다]; 터뜨리다[파열시키다]'라는 뜻이다. '(심장이 터지)더라도'는 even when을 써서 표현했다.

Now that we are together /
We do not have to be jealous of anybody /
I am the happiest in the world at this moment

jealous의 사전적인 의미는 '질투하는', '시기하는', '시샘하는'이지만 이런 사전적 정의와는 달리 '부러워하는'이란 뜻으로 자주 쓴다.

My heart is pounding /
Touch my heart /
My body is trembling /
Hold me tightly

pound는 명사로는 영국의 화폐 단위이자 무게 단위인데 동사로는 '(가슴, 피가) 쿵쿵 뛰다'라는 뜻이다. 동사 tremble은 '(몸을) 덜덜 떨다'란 뜻이다.

Now that we are together /
We do not have to say I love you /
We are already talking with stronger language than words

'(말보다) 강력한 언어'는 무한정사 단수형 stronger language이다. 부사 already의 위치는 〈We + are + already + talking〉이다.

출근
EN ROUTE TO MY OFFICE

En route to my office

이밖에 Getting to work / Going to work / Arriving at work / Coming to the office / En route to work라고 제목을 옮겨도 좋다.

In the parking lot there are beautiful white Chinese fringe tree flowers in bloom. I was so lost in them that I was about to pass my floor when Ms. Park asked me where I was going. I made haste to turn back to my floor.

한국어로는 전체 시가 한 문장이지만 영어로는 적당히 몇 개의 문장으로 나눠서 이해하기 쉽게 했다. '주차장에 하얀 이팝나무꽃이 이쁘게 피어 있다', '한층 더 걸어 올라 갈라는데, 그때 박대리가 부장님 어디 가시냐고 물었다', '급거 다시 원래 층으로 복귀했다'를 나눠서 표현했다. '한층 더 걸어 올라 가다'는 (I was about to) walk up the stairs passing my floor라고 해도 되지만 중언부언이므로 (I was about to) pass my floor라고 옮겼다. '급거 + 다시 원래 층으로 복귀했다'는 〈I made haste + to turn back to my floor(to부정사) / turning back to my floor(분사구문)〉 둘 다 좋다. make haste(무관사)는 '서두르다(hurry)'라는 뜻이다.

화성의 위태로운 고독

THE SOLITUDE OF MARS AT STAKE

The solitude of Mars at stake

'위태로운 고독'을 직역해서 dangerous solitude / critical solitude / risky solitude 등으로 옮기면 전혀 다른 뜻이 된다. 예를 들어 The dangerous solitude of Mars는 '화성에서 혼자 있는 것은 위험하다'라는 뜻이 된다. 따라서 원문의 의미를 살리려면 서술적 용법으로만 사용되는 어구 at stake / in danger / on the line으로 전환해야 한다. at stake는 '(목숨이) 위태롭다', '(성패가) 달려있다', '(돈이) 걸려있다'라는 뜻이다.

The two separate roads you and I chose a long time ago – /
A road to life, a road to solitude

'길'은 road 대신 way를 써도 좋다. 다만 이때는 정관사를 써서 the way of life / the way of solitude라고 써야 한다.

Once in a while I threw stones to you to say hello, /
We happened to meet or become distant orbiting the sun, /
But mostly we did not interfere with each other

우연히 만났음을 강조하기 위해 happen to를 썼다. meet 대신 crossed paths 역시 좋다. interfere with는 '간섭하다'란 뜻이다.

The birth, expansion, and extinction of a countless number of lives
for billions of years /
I have really enjoyed the amazing documentaries presented by the Earth /
'Jurassic Park' was the most fun among them /
I also like the recently released episodes of
'The emergence and development of Humans'

'눈을 뗄 수 없는'과 '지구가 제공한'을 동시에 영어로 옮기게 되면 너무 장황해서 시적인 맛이 떨어진다. 그래서 which I could not take my eyes off of는 제거했다. 한편 마지막 행은 I also like 'The emergence and development of Humans' series which was recently released 역시 좋다. series와 episodes를 함께 쓰면 중언부언처럼 느껴지기 때문에(아울러 series에는 여러 episodes가 있는 것이 당연하므로) 둘 중 하나만 써서 표현했다.

Lately these humans started to send things to hit on me /
They crawl on my skin and pinch me; Itchy and intolerable they are

hit on me는 '(꼬시기 위해) 집적거리다'라는 뜻이다. '간지러운'은 itchy이며 '견디기 어렵다'를 형용사 intolerable로 표현했다.

Dinosaurs ruled the earth for as long as two hundred million years /
I never thought they were interested in things other than
eating and mating, but /
Homo Sapiens came up with something called thinking and /
They are eager to find the reason for their existence in the universe /
Even though, in fact, there are no inevitable reasons
why they should exist in this world

'생각이라는 것을 생각해 내더니'에서 명사 '생각'은 '사고하기', '생각하기'를 뜻하므로 thinking을 썼다. thought는 '철학', '이데올로기'에 가까운 뜻이므로 이 맥락에는 잘 들어맞지 않는다. '생각해 내다'는 think of / come up with / create / develop 모두 좋으며 '존재 이유'는 〈the reason + 전치사 for + their existence〉로 표현했다.

The rough human history with brutal slaughter and massacre /
I saw humans rushing to the American continent and destroying everything /
I am scared of their selfish instinct which insists on
remodeling the surroundings as they wish

'살육', '도륙'을 뜻하는 slaughter / massacre는 비슷한 뜻을 갖는다. 마지막 행은 직역하다시피 옮겼으나 조금 장황한 측면이 있으니 I am scared of their instinct which is self-seeking이라고만 해도 좋다.

I am really depressed /
They are going to rush to me pushing through the screen in the near future /
They are going to destroy my solitude and change this place as they wish

'(스크린을) 뚫고 나오다'는 break / push through이다. 동사 depress는 '(사람을) 우울하게 하다'란 뜻이므로 '(사람이) 우울하다'는 수동태 I am depressed 형태가 된다.

경주 가는 길

ENTHUSIASM AND INDIFFERENCE

Enthusiasm and indifference

제목을 직역하여 A trip to Gyeongju라고 하면 한국 역사와 문화를 잘 모르는 영어권 독자에게는 낯설 것 같았다. 그래서 '경주 가는 길' 대신 '열정과 무관심'을 뜻하는 위 표현으로 제목을 만들었다.

1906 /

"Gyeongju! Gyeongju! /

What the Crusaders felt watching Jerusalem /

is not different from my feelings. /

My Rome is in sight. /

My heart starts to beat quickly." /

(Imanishi Ryu, Japanese colonial historian)

〈What the Crusaders felt watching Jerusalem + 현재시제 is + not different from my feelings〉에서 보듯 현재시제 is를 썼다. 여기서 말하고자 하는 것은 '십자군의 마음과 내 마음이 같다'는 것인데 과거시제 was를 쓰게 되면 '십자군의 마음과 내 마음이 같았다(즉, 더 이상은 같지 않다)'는 뜻이 되기 때문에 맥락에 맞지 않게 된다. 한편 '식민사학자'를 colonial historian이라고만 하면 외국인 독자가 헷갈릴 수 있기 때문에 Japanese colonial historian으로 옮겼다.

2019 /

When I arrived in Gyeongju /

I was neither heartbroken /

nor grieved /

nor determined

'나는 경주에 가며'는 의미상 '경주에 도착하며'이므로 went to Gyeongju가 아니라 arrived in Gyeongju로 표현했다. 한편 neither A nor B는 'A도 아니고 B도 아니다'란 뜻이다. 따라서 I was neither heartbroken, nor grieved는 '아파하지도 슬퍼하지도 않았다'라는 뜻이 된다.

아빠와 신발

DAD AND SHOES

Dad and shoes

dad 앞에 소유격 my를 쓰면 너무 번잡해 보이고 시적이지도 않다. 따라서 무소유격으로 썼다.

Dad always took care of buying shoes for us three siblings /

All of us grew rapidly and had to buy larger shoes

every time we needed new pairs, /

But he never bought wrong-sized shoes

'우리 집 세 자식'은 us three siblings도 좋고 me and my two siblings도 좋다. '사이즈가 늘어 갔지만'은 our sizes had to be larger라고 해도 좋다. '신발이 맞지 않은 적은 한 번도 없었다'는 the shoes always fit us 역시 좋다.

Dad was proud that his children's shoes got bigger, /
Taking charge of our shoes was the reason for his existence

한국어 원문에는 '자식의'가 두 번 나오는데 영어로 옮길 때는 his children's를 두 번 사용하면 매우 어색하다. 따라서 처음에는 his children's, 두 번째는 our를 썼다. '존재 이유'는 the reason for his existence이다.

Dad never asked mom to carry out this sublime mission /
Dad seemed to fall into a certain anxiety all of a sudden /
When our shoes stopped getting bigger /
Before long dad's era was gone

'(아빠가 느꼈던 다양한 형태의) 불안감'은 anxiety라고 표현했다. 아빠가 느꼈던 불안감은 한 것도 없이 나이가 들어가고, 애들이 커 버렸으니 더 이상 내가 할 일이 없다는 무력감, 건강이 전과 같지 않다는 느낌 등 다양한 것이다. 이것을 anxiety 한 단어로 모두 나타낼 수 있다. '(불안감을) 느꼈다'는 〈동사 feel + a certain anxiety〉보다는 〈동사 fall into + a certain anxiety〉가 더 좋다. feel은 짧은 시간 느끼는 감정을 뜻하기 때문에 fall into로 옮겼다. 한편 '그렇게 스러져 갔다'는 '얼마 안 가'를 암시하는 것이니까 before long으로 표현했다.

Leaving for work in the morning /
Looking for shoes /
I missed my dad who always put forward my shoes saying
"Here are your new shoes"

일반적으로 '출근'은 go to work / leave for work지만 '그분은 오늘 회사에 출근하지 않습니다'는 He won't be in today.이다. 이처럼 '출근'은 1 대 1 대응단어가 없으므로 맥락에 따라 표현이 달라질 수밖에 없다. 여기서도 '아침 출근하며'는 '출근을 위해 집을 나서며' 정도의 뜻이므로 leaving for work를 썼다. going to work는 직장을 향해 집을 떠났음에 중점을 두기 때문에 적절하지 않다. 한편 '아침 출근하며 신발 찾다가 새 신발 여깄다 내밀던 아빠가 그리웠다'에는 한 문장에 전달하고자 하는 정보가 상당히 많이 들어 있다. 의미상 '아침 출근하며 / 신발 찾다가 / 새 신발 여깄다'는 분사구문, '내밀던'은 관계대명사절, '아빠가 그리웠다'를 주절로 표현했다.

‡

대구 치맥 페스티벌

DAEGU CHIMAC FESTIVAL

Daegu Chimac Festival

'대구 치맥 페스티벌'은 Daegu Chimac Festival 또는 Chimac festival in Daegu 둘 다 좋다. 전자는 고유명사인 반면 후자는 일반명사이다. 그래서 전자의 Festival은 대문자, 후자의 festival은 소문자를 썼다.

On a hot summer night /
In hot Daegu /
Among hot night stars /
Hot fried chicken ripens in clusters

'열린다'는 '열매가 익다'라는 뜻이므로 ripen이 좋다. 물론 치킨이 열린다는 표현은 은유적 표현이다. 한국어 '치킨'은 살아 있는 닭이 아니라 튀긴 닭을 말하므로 fried chicken이라고 옮겼다. 마지막 행은 People are heavy-laden with hot fried chicken이라고 해도 좋다.

Hot young lads /
Hot fevers /
Hot chaos /
The heat cannot be contained

'젊은이들'은 young lads, '열기'는 fevers, '광기'는 chaos / madness이다. craziness는 다소 부정적인 뉘앙스를 가지고 있어 지금 맥락에는 적합하지 않다. 한편 '이 뜨거움을 견딜 수 없다'는 흐름상 수동태 〈The heat + cannot be + contained〉로 표현했다.

Gulping and guzzling /
I drink ocean-blue cold beer

한국어에서는 의성어와 의태어를 자유자재로 활용하는 데 비해 영어는 그 쓰임이 상당히 제한적이다. 따라서 '벌컥벌컥 울컥울컥'은 gulping and guzzling으로 옮겨 의미를 전달했다. gulp는 '벌컥벌컥 마시다', guzzle은 '폭음하다, 고래처럼 마시다'란 뜻이다. 한편 '바다같이 새파란'을 ocean-blue로 옮겼다.

Hey, hot youths! /
Do not miss out on this one hot night

'뜨거운 이 밤을 일도 남기지 말고'는 〈Do not leave + anything + undone + on this one hot night〉 또는 〈Do not miss out + on this one hot night〉 구성이 좋다. 참고로 '~을 놓치다'에서 '~을'은 전치사 on이 반드시 필요하다. '뜨거운 이 밤'은 this hot night도 좋지만, one이 들어감으로써 바로 지금 눈 앞에 있는 이 밤을 더 강조하므로 this one hot night으로 표현했다.

Let's fry with Chimac /
Let's mix with Chimac

'치맥으로 튀겨보고 / 치맥으로 버무리자'는 실제와는 맞지 않지만 시적 상상력이 가미된 표현이다. fry에는 '(기름에) 굽다, 튀기다'라는 뜻도 있지만, '(햇볕에) 새까맣게 타다'라는 뜻도 있기 때문에 이 시의 맥락에도 어느 정도 들어맞는다.

내 친구 모감주나무

MY FRIEND, THE GOLDEN RAIN TREE

My friend, the golden rain tree

'모감주나무'는 긴 꽃대에 작은 노란색 꽃들이 자잘하게 붙어 있어서 golden rain tree라는 이름을 얻게 되었다. 씨로 염주를 만들기 때문에 '염주나무'라고도 부른다.

There was nothing fancy about our first meeting /
The day the gray winter burst into its final stage of fury /
I pulled into the parking lot feeling nervous /
I wondered, Could I survive at a new place? /
Not knowing you greeted me as I arrived

두 번째 행의 '막바지 기세를 부리던'은 burst into its final stage of fury 또는 in the middle of a last-minute offense이다. '차를 몰고 ~에 들어서다'는 pull into를 활용했다.

Looking from my office on the third floor one spring day /
You shot out buds and leaves, which is a very ordinary line of work /
One day in June you enthusiastically stretched out golden flower stems towards the sky /
As if you wanted to show off

'싹을 틔우고 잎을 내다'는 〈shoot out + buds and leaves〉로 옮겼는데 '싹'은 buds 대신 sprouts라고 해도 좋다. '황금빛 꽃줄기'는 golden flower stems이다.

In my excitement, I told my coworkers that
the golden rain flowers were really beautiful, however /
there was no one who knew your beautiful flowers were in bloom,
what your name was, or even the fact that you existed

'흥분해서'는 In my excitement라고 옮겼다. 마지막 행은 no one knew about your beautiful flowers in bloom, your name, or even your existence라고 해도 된다.

I was the only one you could talk to and vice versa /
From then our intimate relationship began in earnest /
I was captivated, for the whole month, intoxicated by your beauty

vice versa[váisə vəːrsə]는 '그 역(逆)도 또한 같다'라는 뜻이다. 한편 '황홀경 속에서 / 너의 아름다움을 희롱했었다'는 〈I was captivated + intoxicated by your beauty〉라고 옮겼다. 여기서 '희롱했었다'는 맥락상 '취해 있었다' 정도의 의미이므로 intoxicate(취하게 하다)를 썼다.

The more it rained in monsoon season,
the more richness of life you released in bright yellow color /
So different from spring flowers which blossom in such a hurry and disappear as soon as it rains

'장마'는 monsoon season이므로 '장맛비가 내렸다'는 it rained in monsoon season이며 '생명의 충만함'은 richness of life이다. 맨 앞 행은 You emitted fullness of life in bright yellow color even after monsoon rains라고 해도 좋다.

When the time comes to bear fruit and leave offspring, /
You departed for the ocean on waves after making the ovary into a boat /
Beginning an adventure instead of choosing the ordinary way

'후세를 전하다'는 leave offspring(단수형)이며 '씨방'은 ovary이다.

My friend! I guess you got wind of what is going on, I am going to leave here soon

'대충 알고 있겠지만'을 '소문을 듣다'라는 뜻의 get wind of를 활용해 표현했다.

I will not forget the memory of coming to work every morning,
turning on the computer, talking to you, and having coffee /
I will not forget your attitude of focusing on the basics
when others were in such a hurry to blossom /
I will not forget your spirit of being faithful to your own life regardless if others paid attention to you or not /
I will not forget your mindset of choosing to take a challenging and creative way when others followed an easy way

사실 memory / attitude / spirit / mindset은 맥락상 충분히 알 수 있으니 이들 어구 없이도 얼마든지 표현이 가능하다. 예를 들어 I will not forget coming to work every morning ~ / I will not forget that you focused on the basics / I will not forget you being faithful / I will not forget that you chose to take a challenging and creative way라고 해도 좋다. 한편 마지막 행의 '마음'은 '사고방식', '태도'를 뜻하므로 mind가 아니라 mindset을 썼다.

We are friends /
Because our hearts are together

여기서 '마음'은 mind가 아니고 heart이다.

매미가
우는
까닭
THE REASON WHY CICADAS CRY

The reason why cicadas cry

'매미'는 cicada[sikéidə]인데, 영어에서 매미는 '울지' 않고 '노래'한다. 물론 이 시에서는 매미의 슬픔을 주제로 하고 있으므로 동사 cry를 쓰는 것이 적절하다. 다만 일반적인 상황에서는 sing을 쓰는 것이 맞다. 매미 우는 소리 '맴맴'은 chirr / chirp처럼 동사로 묘사하는데 '매미가 맴맴 울고 있었다'는 cicadas were chirring / cicadas were chirping이라고 한다.

They cry because they heard something preposterous /
For seven years, step by step, they prepared themselves /
Managing to escape the underground world, /
They are now ready to paint the town red,
but they are told they have only a few days left /
Holy shit! I am done for!

'황당해서 운다'는 내용상 '터무니없는 소리를 들어서 운다'로 생각할 수 있으므로 위처럼 옮겼다. preposterous[pripástərəs]가 '말도 안 되는, 터무니없는'이란 뜻이다. 한편 paint the town red는 '제대로 놀아 보다'를 뜻하는 속어이다.

They cry because they realize they are facing an embarrassing fate /
More than half of the males crying their voices out finish their lives
without finding a partner /
As soon as they surface to the ground,
they are pressed to work their asses off without a break /
Holy crap! I am screwed!

'목청껏 울어대다'는 cry their voices out / cry their hearts out이며 '땅에 오르다'는 rise up / surface / emerge / appear / arise 모두 좋다. '극한 노동을 하다'는 work their asses off로 옮겼다. 한편 이 시에서는 비속어와 욕이 사용되었다. 일반적으로 시에서는 이런 어휘를 사용하지 않으나 여기서는 매미의 좌절감을 표현하기 위해 활용했다. '이런 쓰으발!'은 매미 우는 소리를 욕하는 것처럼 흉내 낸 것이다. Holy shit! / Holy crap! / Oh, shit! 이 비슷한 어감을 전달한다.

They cry because they are unfairly judged /
They are proud that they have lived a solid life, but /
People accuse them for living an easy life /
Oh, shit! Do you have any idea how I managed to get here and
what our life is like?

'억울하다'는 맥락에 따라 다양하게 표현할 수 있는데, 여기서는 '(편견에 바탕을 두고) 부당하게 판단하다'라는 뜻이므로 〈unfairly + judged〉라고 옮겼다. '매도하다'는 '비난하다'이므로 accuse를 썼다.

They cry because they feel sympathy /
After crying a few days they become aware that
people are not very different from their situation /
People do not just cry, but scream everywhere /
I cry because I feel sorry for you who are looking at me

'사람들은 곳곳에서 아예 비명을 지르고 있는 거다'는 '사람들은 우는 정도가 아니라 아예 비명을 지른다'라는 뜻이므로 People do not just cry를 덧붙였다.

One summer day when the sun is scorching the earth /
Under the tree where cicadas were crying, firping angrily /
I too cried sadly

firping은 실제 영어에는 없는 단어로 〈fucking + chirping〉을 결합해 필자가 만들어 낸 조어이다. '쓰으발 쓰으발'에 가까운 느낌을 갖는다. '매미가 쓰으발 쓰으발 우는'은 매미가 성질 나서 우는 것이니까 〈cicadas were crying + firping + angrily〉로 표현해 이런 느낌을 전달했다.

아름다운 작전

THE BEAUTIFUL OPERATION

The beautiful operation

부정관사 A beautiful operation은 여러 가지의 작전 중 임의의 한 개를 뜻하기 때문에 맥락에 맞지 않다. 정관사 The beautiful operation이 맞다. 다만 제목 자체만으로는 아직 그 의미가 분명하지는 않다. operation은 '수술' 또는 '어떤 이벤트' 등 해석의 여지가 있다. 정확하게 의미를 전달하기 위해서는 '수송 작전'을 뜻하는 transport operation이라고 해야 하나, 시적인 모호성을 위해 transport는 제목에서 뺐다.

On a sunny afternoon /
Beautiful things are being transported somewhere /
By mountain hydrangeas /
On the drones

'수국'은 hydrangea[haidréindʒə]이다. drone은 원래 '수벌'을 뜻하는데, 여기서 발전하여 '무인 비행장치'를 총칭하는 말로 쓰고 있다.

글자 공부 참 재밌다 –
學而時習之

HOW FUN IT IS TO STUDY CHARACTERS

How fun it is to study characters

극적인 감정 표현에는 의문사를 자주 쓰는데, '정말 재밌다'는 How funny가 아니라 How fun이다. How funny는 '(코미디처럼) 정말 웃겨!'라는 뜻인데, 진짜 웃겨서 또는 기분이 나빠 상황을 비꼬기 위해 주로 사용한다.

When I was about to go to school /
My dad taught me addition and subtraction /
Three thousand years ago / Two thousand years ago /
One thousand years ago / Even now, without fail /
Dads to their children / Their children to their children's children

'덧셈 뺄셈'은 addition and subtraction이다. '변함없이'는 맥락상 '틀림없이, 어김없이'이므로 without fail이라고 옮겼다.

Mom, now I can fly. Allow me to fly. /
Not now. You need more practice. /
The kid keeps flapping, fluttering
between his nest and the branches of the tree /
Three thousand years ago, as well /
Before leaving his nest /
The eaglet must have beaten his wings tens of thousands of times

'퍼덕퍼덕'은 flapping, fluttering이다. flap은 '(새가 날개를) 퍼덕거리다', flutter는 '(새 등이) 날개 치다; 퍼덕거리며 날다'란 뜻이다. eaglet은 '새끼 독수리'이다.

칼 맞은
책들

NICKED BOOKS

Nicked books

택배 박스를 뜯으면서 책에 칼자국이 난 것을 뜻하므로 '(칼로) 자국을 내다'라는 뜻의 동사 nick을 활용했다.

Some of my books are stabbed in the back /
because of my hurriedness

앞 행은 능동태 〈stab + some of my books + in the back〉을 수동태로 전환한 것이다. . 한편 '서두르다', '허둥대다'를 명사 hurriedness로 표현했다.

Scotch tape is wrapped around the injury,

실제로 칼자국이 난 부위 '위에' 스카치 테이프가 붙어 있기는 하지만, 어감상 〈is wrapped + 전치사 on〉보다는 전치사 around를 쓰는 것이 더 자연스럽다. wrapped 대신 bandaged를 써도 좋다.

There seems no complete recovery considering they do not disappear for a long time

'완치가 어려운 모양이다'를 There seems no complete recovery라고 표현했다. It seems difficult to fully recover도 좋다.

Mostly they never hesitate to retaliate against me

'보복을 지체하다'는 〈hesitate + 명사 retaliation〉 또는 〈hesitate + 동사 to retaliate〉로 표현할 수 있다.

The same night /
They plunge a dagger into my heart and puncture my lungs

'당일 밤에'는 '(택배가) 도착한 날 밤에'란 뜻이므로 At the night of arrival이 맞지만, 맥락상 자명하므로 The same night이라고 썼다. '(내 가슴)에 비수를 꽂다'는 stab[plunge] a dagger into, '(폐부를) 찌르다'는 puncture로 옮겼다.

Eventually making me never stop moaning all through the night with heartbreaking agony and deep emotion

'찢어지는 고통이나 격한 감동'을 영어로 옮길 때 or를 써서 표현해야 할 것 같지만 and가 더 잘 맞는다. '고통'은 pain / agony / distress / anguish 모두 좋으며 '격한 감동'은 strong emotion / deep emotion / strong feelings로 옮길 수 있다.

1989년 3월 8일 - 스티븐의 마지막 아침

MARCH 8TH, 1989 – STEPHEN'S LAST MORNING

March 8th, 1989 – Stephen's last morning

'1989년 3월 8일'을 표현할 때 The 8th of March, 1989은 공문서에나 사용할 만한 격식적인 표현이다. March 8th, 1989이라고 쓰는 것이 일반적이다. the 8th도 좋지만 정관사를 생략하는 것이 보통이다. '스티븐'은 미국에서는 Steven, 영국에서는 Stephen이라고 하는데 발음은 둘 다 '스티븐'으로 하는 것이 일반적이다.

Mama, I am frightened of this war

'엄마'에 해당하는 영어 단어는 mommy / mom / mum / mama / mother 등 다양하지만 모두 뉘앙스가 다르다. 여기에서는 지나치게 유아 스타일이 아니면서 모성적인 느낌을 품고 있고 동시에 운율적인 측면에서 가장 듣기 좋은 mama를 선택했다. 아울러 mama를 계속 반복하였는데 Queen의 Bohemian Rhapsody의 가사(Mama, just killed a man / Mama, life had just begun / Mama, oooh – Didn't mean to make you cry)를 의식했고, 이 시를 읽는 독자들에게 이 노래와 구절이 연상되기를 기대했다. 한편 '무섭다'는 frightened 대신 scared / fearful도 가능하다.

Every morning I am overwhelmed by the fear /
Today might be the last day

'두려움'은 fear로 옮겼다. scare는 '한순간 갑자기 일어나는 공포/오싹함'을 뜻하기 때문에 맥락에 부합하지 않는다. 맥락상 fear 대신 idea라고 해도 된다.

I am choked by the thought /
This war might strip me of everything

동사 choke는 '질식시키다; (연기 · 눈물 등이) 숨 막히게 하다'란 뜻이다. 따라서 '숨이 막히다'는 수동태 I am choked로 표현했다. '앗아 가다'는 〈strip + me + of everything〉으로 옮겼다.

I am really terrified /
I would not see you again /
Whom I love the most in the world

동사 terrify는 '겁먹게 하다'란 뜻이므로 '겁나다'는 수동태 I am terrified가 된다. '다시 만나지 못할까 봐'에서는 조동사 could / would 둘 다 쓸 수 있다.

Mama, I am a thousand winds now /
Flying in and out /
Strolling around freely and comfortably

'날고 들며'를 분사구문 Flying in and out, '자유롭게 노닐고 있어요'를 분사구문 Strolling around로 옮겼다. '천 개의 바람 되어'와 '날고 들며 고요하게 자유롭게 노닐고 있어요'를 분사구문을 활용해 연결했다.

Mama, do not spend the day or stay up at night crying

'엄마 눈물로 하루를 보내지도', '눈물로 밤을 지새우지도 말아 주세요'는 두 문장의 관계가 '그리고'가 아니라 '또는'이므로 and가 아니라 or를 썼다. 부정관사 a day는 '딱 하루(just one day)'를 뜻하고, 정관사 the day는 '하루 종일(the whole day)'을 뜻하므로 이 시의 맥락에는 정관사 the day를 썼다.

Mama, I am no longer haunted or oppressed by the fear /
Do not worry about me

'시달리다'를 수동태 haunted, '고통 받다'를 수동태 oppressed로 표현했다. 동사 oppress는 '(걱정·슬픔이) ~에게 중압감을 주다, 괴롭히다, 답답하게 하다, 덮쳐 누르다'라는 뜻을 갖는다.

Instead /
I will caress your cheek gently and softly /
I am the winds now /
I don't need a grave /
I am everywhere and nowhere

'어디에도 있고'는 '모든 곳에 있고'란 뜻이므로 everywhere를 썼다. anywhere는 말하는 나 자신도 내가 어디에 있는지 모르겠다(I don't exactly know where I am)는 뜻이기 때문에 전혀 말이 안 된다. anywhere는 '무작위의 장소, 임의의 장소에 있다'는 뜻이다.

에필로그

궁극적으로 모든 사람은 죽는다. 어린 시절 아버지의 딱딱한 시신을 만졌을 때의 느낌을 잊을 수가 없다. 전날까지 따뜻했던 아버지의 손은 더 이상 내게 그러한 감촉을 주지 못 했다. 그날 이후 이 순간까지 '나는 누구인가?', '삶은 무엇인가?'라는 질문이 마음 속에서 떠나지 않고 있다.

천성적으로 호기심이 많았던 나는 과학, 역사, 예술, 종교 등 여러 분야와 선각자들을 통해서 답을 찾고자 했다. 인간이 이 세상에 존재해야 할 거룩한 이유는 없으며 오로지 삶의 중심은 나 자신이 되어야 한다는 것이 나의 결론이다. 결국 나답게 사는 것, 하루하루 기쁘게 사는 것이 인생을 제대로 사는 것이라고 생각한다.

나의 하루하루는 사회인으로서 기대되는 것과 내 자신이 진정으로 원하는 것 사이에 고민하며 둘 중 하나를 선택하는 과정의 연속이다. 남들과 비교하며 좌절하기도 하고 잘 나가는 동기들이 부러울 때도 있지만, 그래도 내면이 내게 말하는 대로 해 보려고 노력하며 살고 있다.

감정이 일어나는 순간이나 관찰을 통해 뭔가 깨달은 것들을 기록하고, 좋은 글귀를 만나면 습관적으로 공책에 적어 둔다. 이런 글들을 누군가에게 보여준 적은 거의 없었다. 물론 어디에 내놓은 적도 없다. 시를 좋아하고 시집을 많이 읽어 왔지만 온갖 비유와 난해한 말로 가득 찬 현대시를 보면서 나는 다른 사람들이 공감하지 못하는 글을 쓰지도, 그들과 경쟁하지도 않겠다고 생각했다.

내 인생도 오십에 접어들고 있다. 사회적인 존재로서의 인생이 대략 75년이라고 보면, 이제 전체 세 마디 중 마지막 마디를 시작하려는 순간에 있다. 첫 번째와 두 번째 마디는 내가 생각할 겨를도 없이 왔다가 가 버렸다. 내 인생의 마지막 마디를 시작하면서 이 마지막 마디만큼은 내가 계획하고 내가 결정하고 내가 생각한 대로 살 것을 다짐한다.

살면서 나는 잊혀지고 지나가 버릴 작은 것들에 연민을 느껴 왔다. 내가 기억해 주지 않으면 잊혀져 버릴까 봐, 나라도 관심 가져 주지 않으면 없어져 버릴까 봐, 노심초사하며 기록으로 남긴다. 이들은 오랫동안 내 마음 속에 있었던 내 친구들이다. 이제 세상에 내어보낸다. 다른 사람들 마음 속에서도 생명력을 갖게 되기를 진심으로 바랄 뿐이다. 막상 책을 내고 나니 부끄럽기 그지없으나 단 한 사람이라도 나의 글에 공감할 수 있다면 그것으로 나는 행복하겠다.

인생에 대해 치열하게 고민했던 많은 선배를 활자로 만났고, 이들과 대화하고 토론하고 싸우고 고뇌했다. 나에게 깨우침을 준 인생의 선배들에게 감사하며, 특히 여기에 이야기를 독자들과 함께 나눌 수 있도록 허락해 주신 저자, 역자들에게 감사를 전한다. 이 책에 포함된 대부분의 사진은 내가 찍은 것이지만, 몇몇 사진과 그림들은 소장자, 저작권 소유자의 승인을 받아 책에 수록할 수 있었다. 이들의 고마운 마음에 역시 감사의 말씀을 전한다.

아울러, 이런 모험적인 프로젝트를 품어 주고, 내 글들이 독자들에게 제대로 전달될 수 있도록 헌신적으로 노력해 준 출판사에 진심으로 감사한다.

2020년 3월

장근섭

EPILOGUE

Eventually all people die. I cannot forget the feeling of my father's cold corpse in my childhood. He was alive and his hands were warm but now I cannot get that feeling any more. Since then the question of 'Who am I?, What is life?' has weighed heavily on my mind.

Being inquisitive by nature, I tried to get an answer through science, history, art, religion and philosophy. My conclusion so far is there is no sacred reason for our existence in the universe, and I myself am supposed to be the center of my life. Success in life is to live as myself and to spend every day joyfully.

Every day I am torn between societal expectations and my own desires. My life is a series of decisions between the two. Sometimes I get frustrated comparing myself with others and I am jealous of my coworkers who are ahead, but I have tried to do what my mind directs.

I write when I get emotional or when I get some enlightenment through my observations. I have habitually jotted down moving verses that I have read. I have seldom shown them to others. I have never submitted a piece for a competition. I have been a big fan of poetry and have read a lot of poetry books, but I did not like modern poems with an abundance of metaphors and indecipherable words. I did not want to write what others could not resonate with and to compete with those poets.

I am turning fifty. Assuming life as a social being is around 75 years, I am about to start the third phase out of three in total. The first and the second phases have come and gone without me thinking about them. At the beginning of the last chapter of my life, I am determined to live as I planned, decided and intended to do.

I feel sorry for little things which are easy to be passed by and be forgotten. I am really worried they might be forgotten if I do not remember them, and they might disappear if I do not pay attention to them. I leave them on record. They have been friends in my mind for a long time. Now I let them out. I really hope they will survive in people's mind. I feel shy after the release of the book. I would be happy if somebody could share my views.

I have met a lot of pioneers, in writings, who have fiercely thought about life, and I have talked, discussed, argued, and agonized with them. I am thankful of them for the inspiration, and particularly I want to give my special thanks to the writers or translators who gave me permission to share their writings with my readers. Most of the photos in this book have been taken by me. A few photos and paintings could be included in the book under the permission of the owners or the copyrighters, who I am really grateful for, as well.

Darakwon embraced these adventurous ideas, and did their best to get my writings effectively conveyed to you, which I am really thankful for.

March 2020
Kevin Chang

도움을 받은 책

다음 이야기를 독자들과 함께 나눌 수 있도록 허락해 주신 저자와 역자들 및 출판사에게 감사의 마음을 전한다.

가슴속에 괴이한 일들이 무수히 고여 있어 _P.30

이지, 『분서焚書 I』, 김혜경 옮김, 한길사, p.345

오십 이전의 나 _P.34

이지, 『속 분서續 焚書』, 김혜경 옮김, 한길사, p.243

11월 _P.64

『좋은 생각』 2019년 11월호

산다는 것은 슬픈 일이다 _P.86

이근후, 『어차피 살 거라면, 백 살까지 유쾌하게 나이 드는 법』, 메이븐, p.7

무의식 _P.88

카를 구스타프 융, 『카를 융 기억 꿈 사상』, 조성기 옮김, 김영사, p.11

경주 가는 길 _P.107

이마니시 류, 『신라사 연구』, 이부오, 하시모토 시게루 옮김, 서경문화사, p.499